무생물

無 生 物

이야기

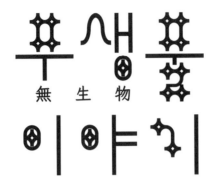

無生物

무생물 이야기

양지윤 장편소설

팩토리나인

"내 그대에게 말하노니—일어나서 걸으라.
그대의 뼈는 결코 부러지지 않았으니."

-잉게보르크 바흐만-

목 차

1부

무생물 이야기

벨벳 로즈 앤 오드

이 이야기는 이렇게 시작된다.

아침에 일어났는데 내가 무생물이 되어 있었다. 반대로 나를 제외한 집 안의 모든 것이 생물이 되어 있었다.

이불은 느끼한 자세로 내 몸에 엉겨 붙어 있었고, 침대는 내가 무겁다며 성질을 냈다. 책들은 번식을 끝낸 나방처럼 바닥에 떨어져 있었고, 책상은 늙은 조랑말처럼 앞다리를 굽히고 앉아 있었다. 전자레인지는 오르골 흉내를 내며 빙글빙글 돌았고, 식기들은 캐스터네츠처럼 서로 부딪치다가 깨져버렸다. 바닥은 잠자는 고래의 등짝처럼 흔들렸고, 의자는 시츄처럼 뛰어다녔다. 화장실에 들어가자 변기가 나폴레옹 흉내를 내며 물대포를 쐈고, 샤워기가 묘기 부리는 뱀처럼 일어나 내 목을 물 준비를 했다. 나는 비명을 지르며 도망쳤다.

"그것참 카프카 적이네요. 일 관두기 전에도 그랬나요?"

흰 가운을 입은 여의사가 물었다.

"아뇨. 그땐 안 그랬어요."

내가 말했다.

"그래서 그래요. 환자님이 아무 일도 안 하니까요."

그녀가 말했다.

"이 상태라면 무생물이 되어도 상관없지 않을까요?"

"안 돼요."

내가 말했다.

"안 되는 이유는요?"

그녀가 물었다.

"누가 봐도 환자님의 집 안 물건들이 좀 더 생산적인 활동을 하는 것 같은데요."

"그래도 안 돼요."

"단호하네요. 무생물 주제에. 희망이 엿보여요. 왜 안 되는지 이유를 설명해주시겠어요?"

나는 내가 왜 무생물이 되면 안 되는지 생각해보았다. 이미 무생물이 되어버렸지만 무생물이 되면 안 되는 이유와 마찬가지로 내가 왜 다시 생물이 되어야 하는지 떠오르지 않았다.

그녀가 미소 지었다.

품 안에서 〈벨벳 로즈 앤 오드(Velvet Rose & Odd)〉라고 적힌 갈색 병을 꺼냈다.

"이건 오직 우리 병원에서만 처방해주는 특별한 약이에요. 제가 런던 유학까지 마친 실력파 의사란 걸 잊지 않으셨죠? 이 약은 원래 보험처리가 안 되지만 환자님은 돈벌이도 없는 가난뱅이니 그냥 공짜로 드릴게요. 그러니 자주 나를 찾으세요. 고학력자들은 외로운 법이니까요. 처방법은 간단해요. 그냥 이 약을 먹고 가만히 누워 있으면 돼요. 어차피 무생물이라 그럴 수밖에 없겠지만."

"그럼 어떻게 되는 거예요?"

내가 물었다.

"뭐가요?"

그녀가 날카롭게 되물었다.

"제 인생을 다시 되찾을 수 있을까요?"

"그야 해봐야 알겠죠."

조 말론 향초가 자기 머리카락 끝에 불을 붙이며 말했

다. 붉은 환영 속으로 그녀는 서서히 사라져갔다.

다시 말하지만, 이 이야기는 이렇게 시작된다.

무월 무일 무요일

나는 의사가, 아니 조 말론 향초가 하라는 대로 누웠다. 그리고 깜빡 잠이 들었다. 얼마나 잤는지 모른다. 눈을 뜨니 시곗바늘이 6시를 가리키고 있었다. 그러나 시계는 기지개를 켜고 있었을 뿐이다. 또 다른 알람시계는 9시 45분을 가리키고 있었다. 그 친구는 숨바꼭질 중이었다.

나는 시간 알기를 포기했다. 그들은 내게 적대적이었다. 이렇게 된 이상 전적으로 내 힘으로 해결하는 수밖에 없었다.

창문을 열자 하늘은 독감 환자의 입술처럼 파랬고, 새는 한 마리도 날고 있지 않았다. 햇볕은 따뜻했지만 공기가 몹시 차가웠다. 사람들은 무기력하고 심드렁한 얼굴로 걸어 다녔다. 왼쪽으로 가는 사람도 있고, 오른쪽으로 가는 사람도 있었다. 왼쪽이 집인지 오른쪽이 집인지 알 수 없었다. 둘 다일 수도 있고 아닐 수도 있었다.

나는 길가에 서 있는 중년 남자에게 시간을 물어보려고 했다. 그는 피로와 신경증을 미간에 심은 남자였다. 내가 손짓했지만 내가 보이지 않는 듯 허공을 노려보더니 갈 길을 가버렸다.

나는 오늘이 며칠인지도 잊어버렸다.

일을 그만둔 게 6월 30일이고, 10월 17일까지는 매일 날짜를 세었던 게 기억난다. 10월 18일부터 기억이 뚝 끊겨 있었다. 대체 그날 무슨 일이 있었는지 모르겠다. 아무 일도 일어나지 않았다. 그저 그렇게 되어버린 것이다.

나는 오늘이 무슨 요일인지도 몰랐다.

나는 우울해졌고, 말로 하기 힘든 상실감에 빠졌다.

"그럼 이렇게 하자."

갑자기 책상 서랍이 열리더니 캘린더가 얼굴을 불쑥 내밀었다.

오래전 거래처 과장이 딱히 줄 게 없다며 건넨 걸 서랍 속에 넣어두고 까맣게 잊고 있었다. 어쨌거나 캘린더 역시 생물이 되어 제 목소리를 내고 있었다.

"매일매일이 무월 무일 무요일 무시 무분 무초라고 하면 돼. 그럼 더는 신경 쓸 필요가 없지."

그래서 그렇게 했다. 그의 말대로 하니 하나도 어렵지 않았다. 1초도 안 걸리고 대답할 수 있었다.

오늘은 무월 무일 무요일. 지금 시간은 무시 무분 무초.

내일은 무월 무일 무요일. 지금 시간은 무시 무분 무초.

모레는 무월 무일 무요일. 지금 시간은 무시 무분 무초.

캘린더가 문제를 냈다.

"네가 다섯 밤을 더 자고 잠이 안 와서 또 이틀 밤 날을 새고 다시 두 밤을 더 잤어. 그럼 몇 월 며칠 무슨 요일이지?"

"무월 무일 무요일."

"그럼 네가 여섯 시간 자고 일어나 여섯 시간 깨어 있다가 다시 여섯 시간 자고 일어나 숫자를 여섯까지 여섯 번 셌어. 그럼 몇 시 몇 분 몇 초지?"

"무시 무분 무초."

우리 둘 다 한바탕 웃었다.

캘린더는 좋은 친구였다. 서랍 속에 가둬둔 게 미안할 정도였다. 그 네모난 동굴 속에서 그는 신선이 된 게 틀림없다.

이 방법의 가장 좋은 점은 더 이상 시계에 애걸복걸하지 않아도 된다는 것이다. 게다가 창밖을 보니 세상이 조금씩 어두워지고 있었다. 그것은 오늘 하루도 무사히 끝났다고 우주에서 보내는 메시지였다.

무생물의 정의

표준국어대사전에 따르면 '무생물'은 다음과 같이 정의하고 있다.

[명사] 생물이 아닌 물건. 세포로 이루어지지 않은 돌, 물, 흙 따위를 이른다.

아주 간단하다. 나는 물건이 되어버린 것이다. 하지만 이것은 한 줄로 정의하기는 어려운 복잡 미묘한 문제이다. 내가 버젓이 살아 있고 무언가 생각한다는 게 그 증거다. 결정적으로 나는 다시 생물이 되려는 굳은 의지가 있다. 원래부터 생물이었다.

국어대사전은 과학적인 정의에 가깝다. 과학자들에게 무생물은 세포를 갖지 않은 존재를 의미한다. 그러나 철학자들에게 돌이나 인간은 별 차이가 없으며, 문학에서는 삶의 의미에 대한 비유로 활용되고, 나사(NASA)에서는 외계인의 범주로 해석된다.

나의 경우는 생물이었다가 갑자기 무생물이 된 것이므로 죽음과 비슷해 보이지만 죽은 것은 아니다.

나는 비슷한 사례를 떠올렸다.

오래전 놀러 간 부둣가에 막 잡아 올린 물고기를 파는 상인들이 있었다. 심해의 빛깔을 띤 비닐 앞치마를 두른 여자들의 손에는 꼭두새벽부터 간 시퍼런 칼이 들려 있었다. 도시에서 온 한 점잖은 손님이 관심을 보였다. 그가 아직 자신의 앞날을 모르는 붉은 아가미를 가진 물고기 하나를 가리켰다.

"생물로 드려요?"

여자가 물었다.

"아뇨."

손님이 대답했다.

그녀가 알아들었다는 듯 칼을 몇 번 휘둘렀다. 그것은 손질의 문제였다.

이것은 기나긴 여정이 될 것이다.

참고로 학계에서는 생물도, 무생물도 아닌 것으로 바이러스를 들고 있다.

나의 냉장고, 나의 침대, 나의 변기

아무도 내가 무생물이 된 줄 몰랐다. 내 휴대폰에는 1,583명의 연락처가 등록되어 있지만 그들은 나를 도와주러 오지 않았다.

나는 확신한다. 그들도 무생물이 되어버렸다고.

나는 몇 달 전까지 홈쇼핑 회사에서 일했다. 처음 4년은 침대와 소파를 팔았고, 그다음 3년은 책과 장난감을, 마지막 1년은 정수기 필터 교체나 세차 서비스 같은 눈에 보이지 않는 것들을 팔았다.

나는 이 모든 것이 결코 우연이 아니며, 예정되어 있던 일이라고 생각한다. 마치 누군가 이미 모든 걸 머릿속에 구상해놓고 이야기를 시작한 것처럼.

내가 유일하게 믿는 한 가지는 모든 이야기에는 교훈이 있다는 것이다.

벌써 며칠째 나는 제대로 잠도 못 자고 먹지도 못했다. 침대와 냉장고가 허락하지 않았기 때문이다. 내가 다가가면 그들은 겁을 주면서 나를 쫓아냈다. 그것들이 무생물일 때는 몰랐는데, 생물이 되고 나니 덩치가 커서 무서웠다. 그들이 내 몸 위로 떨어지기만 해도 죽을 수도 있었다. 그러나 그렇게 하지 않아도 죽을 수도 있다는 게 아이러니했다.

나는 배가 고파서 죽을 지경이었다.

"대체 내가 뭘 잘못한 거야?"

내가 물었다.

"몰라서 물어?"

냉장고가 말했다.

"내가 무생물일 때 네가 어떻게 했는지 떠올려봐."

나는 생각해보았다. 기억나지 않았다.

"모르겠는데."

"'나의 냉장고'라고 불러준 적 있어? 있으면 빨리 말해."

냉장고가 말했다.

"없어."

냉장고가 흥분해서 코와 입으로 슉슉대며 냉기를 쏟아냈다. 그러고도 더운지 문을 열었다 닫았다 했다. 나는 냉장고 문짝에 맞아서 죽은 사람 얘기를 들어본 적 있는지 생각해보았다.

"나는 이 집에 온 이래 한 발짝도 움직이지 않고 널 위해 일했어. 네가 지키고 싶어 하는 것들을 지켜내느라. 그런데 넌 나한테 고마워하기는커녕 나의 냉장고라고 불러준 적도 없어."

냉장고의 말은 사실이었다. 나의 냉장고라고 불러주긴커녕 한번도 진지하게 냉장고에 대해 생각해본 적이 없다. 그가 무생물이었기 때문이다.

나는 어디선가 흐느끼는 소리가 들려오는 걸 알았다. 그 소리는 안방에서 나고 있었다. 베개로 얼굴을 가리고 있어 보이지 않았지만 침대가 내는 소리였다. 지난 며칠 동안 지켜본 결과, 우람한 몸집의 궤짝은 깃털보다 더 마음이 여렸다.

내가 침대를 의식하는 걸 눈치채고 냉장고가 말했다.

"넌 침대에게도 '나의 침대'라고 불러준 적 없어. 네 인생의 무게를 받아내느라 쟤는 말더듬증까지 생겼는데."

"나는 똥오줌을 받아줬지."

바로 그때 화장실 문이 열리고 변기가 소리쳤다. 나폴

레옹이 양손을 허리에 올린 채 나를 바라보고 있었다. 그러고 보니 내가 며칠째 똥을 누지 못해 얼굴이 누렇게 변한 걸 빠뜨리고 말하지 않았다. 그가 무언가 빠뜨리기 좋게 생기기도 했지만.

"그래. '나의 변기'도."

냉장고가 친절하게 덧붙였다.

나는 상황이 생각보다 더 심각하다는 걸 깨달았다.

"그래. 하지만 그건 내가 너흴 무시해서 그런 게 아니야."

내가 변명했다.

"이건 크기의 문제야. 내가 너흴 들고 세상 밖에 나갈 수만 있었어도 사람들 앞에서 나의 냉장고라고 말할 기회가 있었을 거야."

"과연 그럴까?"

냉장고가 고개를 까딱하자 멀리서 검정 물체가 뛰어왔다. 걸레였다. 원래는 행주였던 게 분명한 노란 천 조각이 불에 그을린 것처럼 시커멓게 변해 있었다. 솔직히 말해서 나는 그런 게 내 집에 있는지도 몰랐다.

"네가 얘를 데리고 나가 사람들 앞에서 '나의 걸레'라고 말하면 용서해주지."

나는 고민했다. 아무리 생각해도 자신이 없었다. 그 순간 물대포가 날아왔다. 나폴레옹이 나를 향해 물대포를 쏜 것이다.

"거짓말쟁이! 거짓말쟁이!"

나폴레옹은 흥분해서 물대포를 마구 쏘아댔다. 냉장고가 말려도 소용없었다. 정화조가 다 찰 새도 없이 쏘았기 때문에 대포알이 어느새 주먹밥처럼 조그마해져 있었다.

침대가 아까보다 더 큰 소리로 울기 시작했다. 걸레는 쥐새끼처럼 도망쳐 어디론가 사라지고 없었다. 냉장고가 한숨을 쉬었다.

"네가 '나의 것'이라고 말한 녀석들은 핸드폰이나 지갑, 옷과 가방들이야. 그런데 쟤들이 지금 과연 널 위해 무얼 해줄 수 있을까? 널 먹여주고 재워주고 똥오줌을 받아줄 수 있을까?"

냉장고의 말이 맞았다. 게다가 마지막 말만 들으면 그들은 거의 나의 부모와도 같았다.

나는 그동안 내가 '나의'라고 수식어를 붙여왔던 것들을 찾아보았다. 밖에서는 빛나 보이던 것들이 과연 그들의 말대로 이 집 안에서는 보잘것없어 보였다. 그들은 구석에 처박혀 나를 원망스러운 눈으로 쳐다보고 있었다. 그 관종들은 집 안에만 있는 걸 견디지 못했다. 그들은 내가 자기들을 이렇게 만들었다고 굳게 믿고 있었다. 그들은 오래전 나와 어울렸다가 나를 따돌린 못된 친구들 같았다.

"늘 거기 있지만 보이지 않는 것들. 그들 덕분에 네가 살아간다는 걸 잊지 말아야 해."

냉장고가 말했다.

"참는 데도 한계가 있어."

나폴레옹이 으름장을 놓았다.

나도 그 비슷한 말을 회사에서 한 적이 있다. 내 실적이 상대적으로 보잘것없는 축에 속했기 때문이다. 하지만 회사는 눈 하나 깜짝하지 않았다. 내가 없어지면 다른 사람으로 대체하면 그만이기 때문이다. 그것이 바로 생물 세계의 질서였다.

그러나 무생물은 다르다. 내게는 아무런 권한이 없으며 무엇보다 냉장고와 침대, 변기 없이 나는 안 되었다.

"미안해."

내가 말했다.

"나의 냉장고, 나의 침대, 나의 변기야. 내가 잘못했어. 제발 용서해줘."

나의 냉장고 이야기

그들은 나를 용서하지 않았다. 나의 냉장고와 나의 침대와 나의 변기는 내가 한계에 다다라서야 비로소 내가 죽지 않을 정도의 도움을 주었다. 나는 점점 말라갔다.

나는 냉장고가 이 집의 새로운 대장이라는 것도 깨달았다. 물론 그 전에 대장은 나였다. 나는 이빨 빠진 호랑이만도 못했다. 내가 무생물이 되었다는 걸 잊어서는 안 된다.

냉장고는 아무도 내게 말을 걸지 못하게 했다.

'생물은 생물다울 것. 고로 무생물에게 말 걸지 말 것.' 이 집의 새로운 규칙이었다.

나는 내가 대장이던 시절이 그리웠다. 내가 필요할 때 물건들이 전부 거기 있던 시절. 집이 있다는 건 세상에서 가장 행복한 일이다. 일이 끝나면 나는 약속도 잡지 않고 집으로 달려왔다. 내게 필요한 것이 여기 다 있었기 때문이다. 그것이 내가 대장이었기 때문이라는 걸 그때는 몰랐다. 사람은 왜 늘 모든 걸 잃고 나서야 후회하는 것일까?

　나는 그들이 내가 냉장고에게 아무짝에도 쓸모없다고 말하는 것을 들었다고 했다.

　"쓸데없이 부피만 차지하고."

　그 말을 한 건 내가 5년 전에 사서 몇 번 쓰다 말고 구석에 처박아놨던 제습기였다. 생각보다 전기세가 많이 나와서 그것을 팔까 말까 오랫동안 고민했었다.

　제습기는 불필요한 무생물은 버리는 게 맞다고 했다. 하지만 그들의 계획은 순조롭지 않았다. 왜냐하면 나처럼 부피가 큰 물건을 버려야 할 경우 대량폐기물 스티커가 필요한데, 그들이 행정복지센터까지 가는 건 불가능했기 때문이다.

　그러나 그들은 기어코 나를 버리기로 했다. 내가 필요한 사람이 있을 수도 있다는 것이었다.

나는 자신 있었다. 비록 무생물이 되긴 했지만 기껏해야 한두 가지 재주밖에 없는 그들보다 할 줄 아는 게 훨씬 많기 때문이다.

내가 무생물이 된 건 그들이 새로운 대장을 만들기 위한 음모라는 게 내 생각이었다. 나는 차라리 그들이 나를 버려주길 바랐다. 내가 만일 다른 사람의 집에 가면 다시 생물이 될 수 있을지도 모른다.

나는 집 앞 전봇대 옆에 오래도록 서 있었다. 생물들은 종이에 다음과 같은 내용을 써서 내게 들고 있게끔 했다.

★ 특기

소설 쓰기

책 한 권 낸 적 있음

단, 팔리지 않음

사람들은 나를 집어 가지 않았다. 고민하는 사람도 있긴 했지만 어째서인지 그들은 막판에 슬그머니 발길을 돌렸다. 나는 밤새 전봇대 아래 서 있었다.

"안 되겠어. 아무도 안 데려가."

그들은 창문 앞에 옹기종기 모여 이 상황을 지켜보았다. 그들은 긴급회의에 들어갔다. 유성 매직이 내 종이에

'자취 경력 17년'을 추가했지만 소용없었다.

그들이 나를 다시 데려왔다.

그들은 나를 현관에 세워놓고 한 발짝도 움직이지 못하게 했다. 언제라도 다시 나를 버릴 준비를 하기 위해서였다. 내가 나가려고 하면 우산이 잽싸게 무대 중앙으로 걸어 나와 물랑 루즈 댄서처럼 검정 드레스를 활짝 펼쳤다.

그러던 어느 날 냉장고가 시름시름 앓기 시작했다. 열이 펄펄 끓고 이를 부딪치며 덜덜 떨었다. 냉장고는 밤새 앓는 소리를 냈다. 그것은 그의 인생에 처음 있는 일이었다. 냉장고는 물론 그의 졸병들은 어떻게 해야 할지 몰랐다. 모두가 우왕좌왕했다. 고작 생물 1년 차인 그들이 고통에 대해 무얼 알겠는가?

그러나 그들은 이번 일로 내가 아무짝에도 쓸모없지만은 않다는 것을 알게 되었다.

나는 냉장고 문을 열었다. 안에서 역겨운 냄새가 쏟아져 나왔다. 장시간 방치한 나머지 음식들이 곰팡이가 피고 하나도 빠짐없이 전부 상해 있었다. 나는 장염이란 진단을 내리고, 냉장고 안에 든 음식물을 전부 버렸다. 너무 오래 둔 나머지 녹아버린 채소 찌꺼기도 깨끗이 닦았다.

　냉장고는 점차 기력을 되찾았다. 그런데 이상하게 열만큼은 쉽게 내려가지 않았다. 나중에 알았는데 그것은 자존심에 상처를 입어 생긴 낯 뜨거움이었다. 아마도 그는 자신이 갖고 있던 것을 영원히 지킬 수 있을 거라고 믿었던 것 같다. 그럴 수밖에 없는 게 상하기 전에 늘 내가 먹어 치웠으니까. 그러나 나는 그 사실을 말하지 않았다.

　나는 언제나처럼 현관에 있는 나의 자리로 갔다. 어느새 녹색 타일을 붙인 그 자리는 내게 편안함과 안정감을 주었다.

　냉장고가 나를 불렀다. 그의 목소리가 예전보다 부드럽고 상냥해진 느낌이 들었다.

　"난 냉장고야. 소중한 걸 지키는 게 내 일이야. 무슨 말인지 알지?"

　냉장고가 말했다.

　그는 실패의 아픔을 딛고 다시 한번 도전할 준비가 되어 있었다. 그러나 냉장고 안에 넣을 만한 것이 없었다. 무생물이 되고 나서 한번도 장을 보지 않았기 때문이다. 그러나 아무것도 넣지 않으면 냉장고가 또다시 화를 낼지도 몰랐다. 그래서 아직 개봉도 하지 않은 내 장밋빛 미래를 넣었다. 너무 많이 먹어 줄어든 용기와 함께 삭힌 홍어 맛이 나는 사랑도 넣었다. 나머지는 별수 없이 희망 으로 채웠다.

나의 침대 이야기

나는 더 이상 현관에서 자지 않아도 되었다. 냉장고가 다시 편안한 잠자리에서 잘 수 있도록 허락해주었다. 물랑 루즈의 요정은 그 사실을 몹시 아쉬워했다. 우리는 그새 애틋한 정이 들었다. 그러나 따뜻하고 푹신한 침대를 포기할 수는 없었다.

나는 그녀에게 비가 안 와도 자주 들고 나가겠다고 약속했다. 그녀는 내 약속을 믿었다. 과연 그런 날이 언제쯤 올는지 모르겠지만.

나는 오랜만에 깊은 잠을 잤다. 아주 달콤한 잠이었다. 내가 자는 동안 침대는 훌쩍거리지도 않고 몸을 뒤척이지도 않았다. 내가 잠에서 깨자 이런 말도 했다.

"좋은 꿈을 꾸었나 보네."

침대는 오래전부터 내 꿈을 매트리스 아래 보관하고 있다고 했다. 내가 꾼 꿈 중에 가장 멋진 꿈은 별똥별을 타고 세계여행을 한 일이었다. 별똥별을 타면 1초도 안 걸려 뉴욕이고, 리우데자네이루고 어디든 갈 수 있었다. 집에 올 때도 나는 별똥별을 탔다.

나는 매트리스 아래 꿈 말고 다른 것도 발견했다. 내 어린 생물 시절 기억들이었다.

거기에는 내가 잃어버린 기억들도 있었다. 그 부스러기들을 주워다가 침대는 작은 정원을 꾸몄다. 꽃도 있고, 크진 않지만 노래하는 분수도 있었다. 아름다운 정원이었다.

나는 좀 더 얘기해달라고 졸랐다. 침대는 우쭐해져서 눈을 감고 옛 기억에 빠져들었다.

"열 살 때 너는 자기 전에 기도하는 습관이 있었지. 제발 음악 시간에 피아노를 치지 않게 해달라고 말이야."

"너는 화가 나면 시간을 벌려고 침대에 누워 억지로 잠을 청하곤 했지."

"예전에 네가 천장에 붙인 야광별 참 예뻤었는데. 왜

지금은 안 붙이는 거지?"

"네가 책을 읽다가 잠이 들면 내가 전구한테 말해서 불을 꺼주곤 했지."

"네가 옆으로 누우면 나도 따라 옆으로 누웠지. 네가 똑바로 누우면 똑바로 눕고. 네가 엎드리면, 나는 너를 꼭 안아줬지."

"넌 몹시 변덕스럽고 신경질적인 아이였지."

"열 살 때까지 오줌도 쌌지."

"너에게 말을 걸고 싶을 땐 몰래 네 발을 간질였어. 너는 내가 그런 줄도 모르고 몸을 비틀며 웃다가도 화를 내곤 했지."

침대는 쉬지 않고 말했다. 어눌한 목소리이긴 해도 말더듬증은 없었다. 아마도 온종일 이불로 입을 틀어막고 있어서 말을 더듬는다고 오해받은 모양이었다.

나는 침대의 이야기에 몹시 감동받았다. 내가 침대로 뛰어들자 침대가 스프링으로 나를 튕겨냈다. 나는 바닥에 내동댕이쳐졌다. 침대의 눈에 알 수 없는 눈물이 그렁그렁 맺혔다.

"난 네가 어른이 되어 무생물이 될 거라고는 단 한번도 생각해본 적 없어."

침대가 말했다.

그것은 나도 마찬가지였다. 나는 뭐라고 대답해야 좋을지 몰랐다.

"간밤에도 네 모험 속에 난 함께였는데, 이제 그만 나를 위한 모험을 떠나야겠어."

갑자기 침대가 몸을 일으켜서 나는 비명을 질렀다. 그러나 우지끈 소리와 함께 쿵 하고 뒤로 나자빠졌다. 냉장고가 무슨 일인가 하고 고개를 내밀었다. 나는 별일 아니라고 말했다.

"아아."

침대가 소리 질렀다.

"모험을 하기에 난 너무 늙었어."

그건 사실이었다. 침대의 수명에 대해 잘은 몰라도 그 침대는 아홉 살 때부터 나와 함께 했으니 서른 살은 족히 되었을 것이다.

"나도 꿈을 꿀 수 있을까?"

침대가 말했다.

"사실 내가 제일 하고 싶은 일은 너처럼 꿈 꾸는 거야."

"내가 대신 네가 주인공인 꿈을 꾸면 되지."

내가 대수롭지 않게 말했다.

그것은 좋은 아이디어였다. 그래서 우리는 당장 실행에 옮기기로 했다.

그날 밤 나는 침대가 별이 총총 떠 있는 아름다운 사막에 홀로 있는 꿈을 꾸었다. 이따금 보이지 않는 바람이 불어 희고 고운 모래 입자들이 날렸다.

"왜 하필 사막이야?"

자기 전에 내가 물었다.

"살아 있는 게 거의 없으니까."

침대가 말했다.

다른 이의 영혼이 아닌 자기 자신의 영혼을 재우는 일. 그게 생물이 되어 침대가 가장 먼저 하고 싶은 일이었다.

침대는 행여라도 어린 왕자도 등장시키지 말라고 신신당부했다.

그래서 그렇게 했다.

나의 변기 이야기

나폴레옹과는 냉장고보다 먼저 화해했다. 현관과 화장실이 벽 하나 차이였기 때문에 우리는 보기 싫어도 자주 마주쳐야 했다. 그것이 자연스럽게 우리 사이에 있는 마음의 벽을 허물었다.

나폴레옹은 타고난 이야기꾼이었다. 나는 그가 거드름을 피우며 중얼거리는 목소리를 들었다. 가끔은 내게도 그 이야기를 들려주었다. 나는 그가 집에서 가장 작은 방에 갇혀 있으면서 어떻게 그렇게 많은 이야기를 알고 있는지 궁금했다. 나폴레옹은 자기 몸에 난 거대한 구멍이 '사람들의 이야기가 헤엄쳐 오는 곳'이라고 말했다.

　나폴레옹의 말에 따르면 변기는 사실 변기가 아니다. 집집마다 있는 변기들은 물이 고여 있는 이상 뭐든 될 수 있다. 꽃병도 될 수 있고 어항도 될 수 있다. 〈샘〉 같은 예술작품도 될 수 있고 뜨거운 물을 부어서 족욕기로 쓸 수도 있다. 어떤 여자들은 뚜껑을 내리고 변기에 앉아 있곤 했다. 점심시간에 그것은 식탁이 되기도 했다.

　나폴레옹에게 변기는 세상과 연결된 바다였다. 그가 평생 움직일 수 없는 신세인 걸 고려하면 충분히 가능한 일이었다. 물대포를 쏠 때를 제외하고, 그는 찰랑이는 물 위로 둥실둥실 떠오르는 이야기들을 구경했다.

　변기는 마치 문명의 꽃을 틔운 동방의 항구처럼 내가 상상조차 못 한 다채로운 이야기를 싣고 왔다. 그가 그중 몇 가지를 펼쳐서 읽어주었다.

　그것은 나와 같은 빌라에 사는 이웃들의 이야기다.

　203호에 사는 집 주인은 두 명의 남자로 뱀과 개구리처럼 다른 성격에도 불구하고 제법 평화로운 동거생활을 이어가고 있다. 두 남자의 머릿속을 유일하게 괴롭히는 문제는 누가 먼저 못 참고 이 집에서 떨어져 나가느냐하는 것이다.

　204호 여자는 미혼의 아리따운 변호사로 내년에 새

아파트로 이사할 예정이다. 그녀는 자신의 커리어와 경제적 성공에도 불구하고 혼자 살아야 하는 것을 억울하게 느낀다. 그녀는 한번도 소송에서 패해본 적 없지만 자기 자신의 인생과 남자들을 상대로 도저히 이길 수는 없었다.

301호에 사는 신혼부부는 결혼한 지 1년이 넘어가는데 아직도 결혼을 잘한 것인지 확신이 없다. 그들은 미래에 대한 대화를 적극적으로 나눈다.

303호는 생각을 거의 안 하고 살아서 남자인지 여자인지조차 알 수가 없다(어쩌면 그도 무생물일지도).

402호에 사는 여자는 어떻게 하면 삶의 질을 높일 수 있을지 고민 중이다. 한 달 전 그녀는 자신의 키만 한 극락조를 샀다. 그 거대한 이파리를 가진 식물은 잭의 콩나무처럼 무럭무럭 자라서 뿌리가 화분을 튀어나오고야 말았다. 그녀는 분갈이를 포기했다.

401호 남자는 겁이 많고 소심해서 어릴 때도 거짓말조차 해본 적 없다. 그러나 실수로 옆집에 온 택배 박스를 뜯은 뒤부터 일주일에 세 번 이상은 택배 박스를 훔친다.

403호 여자는 특징도 개성도 없는 여자로 설거지를 오늘 해야 하나 내일 해야 하나 심각하게 고민 중이다.

1층에 사는 아홉 명의 세입자는 오직 한마디 말밖에

할 줄 모른다.

"야옹, 야옹!"

그러면 마음씨 좋은 201호 여자가 내려와 밥을 준다. 그들은 자동차 보닛에 사는 고양이들이다.

이 밖에도 많은 이야기가 있다.

내가 이 이야기들을 통해 깨달은 것이 있다면 사람들이 생각보다 쉽게 자기 삶에 만족하거나 쉽게 불행을 느낀다는 것이다. 그러나 무생물이 된 지금 나는 그것이 단지 느낌에 불과하다고 꼭 말해주고 싶다.

절대적인 것은 없다. 절대적인 것은 느낄 줄 안다는 것이다.

나는 지금 내 삶에 대해 아무런 감각이 없다. 그리고 그것이 나를 슬프게 한다.

너의 기타 이야기

무월 무일 무요일 아침, 누군가 우리 집 벨을 눌렀다. 나는 인터폰으로 그가 누군지 확인했다. 내가 아는 사람이었다. 나는 나갈 수 없었다. 무생물은 자기 힘으로 밖에 나갈 수 없기 때문이다.

그가 멈추지 않고 계속 벨을 눌렀다.

"집에 있는 거 다 알아."

마치 나를 보고 있는 것처럼 그가 말했다.

나는 인터폰 화면으로 한때 나를 쩔쩔매게 한 남자를 바라보았다. 그는 약간 초조해 보였고, 긴장과 두려움을 분노로 포장하려고 하는 것 같았다.

"무슨 일인데?"

내가 마이크에 대고 물었다.

"내 기타 돌려줘."

그가 말했다.

나는 돌려줄 수 없었다. 그의 뮤즈 기타는 정말로 뮤즈가 되어버렸기 때문이다. 그녀는 소파에 앉아 자신의 돼지털 같은 몇 가닥의 머리를 부드럽게 만들어주는 헤어크림을 바르고 있었다.

그녀가 도도하게 나를 쳐다보며 고개를 저었다.

"안 돼."

내가 말했다.

"뭐?"

그가 말했다.

"안 된다구. 못 줘."

"팔았어?"

"그래, 팔았어. 미안해."

그가 욕을 하며 떠났다.

그가 떠나간 뒤에도 나는 인터폰 앞에 머물러 있었다.

나는 그에게 그 기타가 어떤 의미인지 알고 있다. 그것은 그가 뮤지션이 되기로 결심한 뒤 맨 처음 장만한 기타였다. 그는 가난했고 기타를 사서 더 가난해졌다. 그래서 다른 기타를 샀고 더 가난해졌다. 그에게는 총 세 개의 기타가 있었다. 그는 그 기타가 자기 인생에 가장 의미 있는 기타라고 말하며 생일 선물로 주었다.

기타를 칠 줄 모르는 나를 위해 그는 운지법부터 가르쳐주었다.

내가 처음 배운 곡은 비틀즈의 〈Across the Universe(우주를 가로질러)〉였다. 그 곡을 제법 잘 치게 된 뒤에도 도입부인 'Words are flowing out(말들은 흘러 들어가네)'에서 'Like endless rain(끝없이 내리는 비처럼)'으로 코드를 바꾸는 부분만은 부드럽게 되지 않았다.

"갔어?"

내가 계속 서 있는 걸 보고 기타가 물었다. 그녀는 여전히 머리에 헤어크림을 바르고 있었다. 기분 탓인지 몰라도 내가 아니라 그녀가 여자 친구인 것 같았다.

"응."

나는 그녀에게 그를 다시 만나고 싶지 않은지 물었다.

"별로."

그녀가 말했다

"너는?"

그녀가 물었다.

"나도."

내가 말했다.

2년 전, 그가 우리 집에 찾아오면서 연애가 시작되었다. 그가 오기 두 시간 전 나는 다른 남자와 함께 있었다. 나는 두 시간 전에 있던 남자를 더 사랑했다. 그는 가난한 배우였고 밤에는 피자 가게에서 배달을 했다. 그러나 그 남자는 나를 사랑하지 않았고, 자신의 마음을 한 번 더 확인하려고 나를 따라왔을 뿐이다.

그 남자의 빈자리가 너무 커서 나는 만만한 그를 불렀다. 아무것도 모르고 그는 행복해했고, 확신에 찼고, 우리는 샤브샤브를 먹으러 갔다.

그가 또다시 찾아오지 않을까 걱정했지만, 그런 일은 일어나지 않았다. 그는 정말로 기타 때문에 온 것이다. 자기가 기타인 줄도 모르고 제 스스로 기타 줄을 망가뜨린 그의 어리석은 뮤즈 때문에.

그는 기타 말고 다른 것들도 두고 갔다. 칫솔, 팬티, 모자나 면도기 같은. 그들은 무리 지어 다녔다. 그것들을 왜 바로 버리지 않았는지 후회가 된다.

내가 돌아가지 않겠냐고 묻자 그들이 대꾸했다.

"글쎄, 걔가 누군데?"

다람쥐 눈처럼 새까만 세계

무생물이 되고 나서도 나는 글을 썼다. 아마도 그 일이 별로 생산적이지 않아서 무생물에게도 허락되지 않았나 싶다.

내 책이 한 권도 팔리지 않은 건 아니다. 지난 3년 동안 서른일곱 권이 팔렸다. 그중 한 권은 도서관에 있다. 어떻게 그 책이 도서관에 있는지는 모르겠다. 그 사실을 말해준 사람은 열일곱 살의 번역가 지망생으로 그녀는 공모전에 낼 작품을 고르러 도서관에 갔다가 우연히 내 책을 발견했다고 했다.

"저자에 대한 정보가 없어서요."

그녀는 공모전에 내려면 저자 프로필을 꼭 적어야 한다고 했다.

나는 책날개고 어디에도 나에 대한 정보를 표기하지 않았다. 그 책 전체가 내 얘기라서 그럴 필요가 없다고 생각했다. 나는 나에 대한 정보를 간략하게 적어서 보내주었다.

그녀는 공모전에서 탈락했다. 나는 그 책이 내가 쓴 유일한 책이 될까 봐 두렵다.

내가 무생물이 되고 난 뒤 제일 먼저 걱정했던 건 노트북이었다. 만에 하나 악어 비슷한 게 되어버린다면 두 번 다시 아무것도 쓰지 못할 테니까.

다행히 노트북은 악어가 되지 않았다. 자기가 캐스터네츠인 줄 알거나(접시들이 그러하다), 시츄처럼 도망치거나(의자들이 그러하다), 성질이 나쁜 편도(냉장고가 그러하다) 아니었다. 정반대였다. 신사 중의 신사였다.

노트북은 우리 집의 생물 중 가장 점잖고 과묵했다. 마치 노트북을 낳은 사람처럼 나는 그 사실이 자랑스러웠다. 그러나 시간이 지날수록 노트북 때문에 내 소설이 팔리지 않는 게 아닌가 하는 의심이 들었다. 한 잡지에서 프랑스의 세계적인 베스트셀러 작가가 책 한 권을 쓸 때마다 새 노트북을 산다는 기사를 읽었기 때문이다. 이제 보니 그는 노트북이 지어내는 이야기를 받아 적은 게 틀림없다.

나는 내 노트북을 바라보았다. 노트북은 다리를 꼬고 앉아 한가로이 책들과 이야기를 나누고 있었다. 흡사 북 토크라도 하는 모습이었다. 내가 다가가자 책들은 조개껍데기 같은 단단한 표지 속에 숨어버렸다.

나는 노트북에게 그들과 무슨 얘기를 나누었냐고 물었다. 그는 안부 인사를 나누었다고 말했다. 그것은 사실이 아니다. 나는 그들이 여러 번 오랫동안 이야기를 나누는 것을 목격했다. 그들은 나를 따돌리는 게 분명했다. 내가 무생물이 되었기 때문만은 아닐 것이다. 나는 열등감을 느꼈다. 내가 그 책들에게 무한한 영감을 얻었다는 점에서 조금 슬픈 일이기도 했다.

나는 노트북에 따져 묻기를 포기하고 자리에 앉았고, 다시 무언가 써보기 위해 노력했지만 잘되지 않았다.

그 거대한 외눈박이는 나를 의심 많은 블랙박스처럼 감시했다. 우리는 자주 그런 식으로 눈 맞춤을 하곤 했다. 그는 내 마음을 비추는 등불이었다. 나는 불빛 속에 비친 내 모습을 자화상을 그리듯 적어 내려갔다.

그러나 어떠한 권리도 생명력도 잃어버린 무생물로 전락해버린 지금, 내 눈에 비친 그의 눈은 다람쥐 눈처럼 온통 새까맸다.

"어떻게 된 거야?"

내가 물었다.

"어떻게 된 거냐니까?"

소용없었다. 속을 알 수 없는 그 신사는 완강히 버텼고, 내가 계속 추궁하자 절전 모드로 돌아갔다.

나는 포기하고 창가에 서서 사람들이 지나가는 모습을 보았다. 거기에는 며칠 전 내가 수치심을 느끼며 서 있었던 전봇대도 있었다. 그 아래 누군가 버린 여행용 캐리어가 있었다. 몸통 전체가 진한 분홍색에 손잡이는 회색인 촌티 나는 30인치 캐리어.

검정 모자를 눌러쓴 남자가 멈추어 서서 생각에 잠기더니 가제트 팔처럼 손잡이를 쭉 잡아 뺐다. 그가 끌고 가려고 했지만 잘 끌리지 않았다. 바퀴가 고장 난 것이다. 그러자 남자가 캐리어를 번쩍 안아 새끼 리트리버처럼 들고 갔다. 나는 또다시 모욕감을 느꼈다.

나는 다시 노트북 앞에 앉았다. 그 점잖은 외눈박이가 내 눈치를 보더니 알아서 절전 모드를 풀었다.

그가 다시 나를 바라보았고 나도 그를 바라보았다. 둘 중 누구도 "시작!"이라고 말하지 않았지만 우리는 오래도록 눈싸움을 했다.

그의 눈은 여전히 새까맸다. 그 안에 내가 있었다.

플라스틱 별

그 안에 내가 있었다. 다람쥐 눈처럼 짙고 검정 눈 속에 어딘가 달라 보이는 내가 있었다.

나는 다람쥐 눈처럼 새까만 곳에 있는 사람이 나라는 걸 알아보았지만 그게 나라고 확신할 수 없었다. 솔직히 말하면 거기 있는 내가 좀 더 좋아 보였다.

"누구야, 넌?"

바로 그때 그녀가 말했다.

나는 당황했다. 그녀가 말을 걸 줄 몰랐기 때문이다.

"그러는 넌 누군데?"

"내가 먼저 물어봤잖아."

그녀가 말했다.

"정체를 밝혀."

"너부터 말해."

내가 말했다.

그녀는 몇 번이나 더 내게 누구냐고 다그친 뒤 사라져 버렸다. 노트북만이 천연덕스럽게 나를 응시하고 있었다.

그녀는 내가 아니었다. 거울에 비친 내가 말을 한다는 얘긴 들어본 적이 없다. 나를 꼭 닮긴 했지만 그녀는 내가 아니었다. 그녀는 다람쥐 눈처럼 새까만 세계에 있는 다른 누군가였다. 그러나 이 일은 단순한 사건이 아니었다. 내가 무생물이 된 것과 관련이 있는 게 분명했다.

그녀는 나와 쌍둥이처럼 꼭 닮았다. 그런데 한편으로는 이런 생각도 들었다. 그녀가 내가 아니라는 건 또 어떻게 증명할 수 있을까? 이것은 내가 무생물이 되어서는 안 되는 이유를 설명하라는 것과 같다.

그녀가 나일지도 모르고 내가 아닐지도 모른다는 것. 어딘가 익숙한 이 문제를 나는 어릴 때부터 맞닥뜨려왔다. 태어난 순간부터 수많은 나와 싸워야 했던 것이다. 착한 아이, 말 잘 듣는 아이, 똑똑한 아이. 그런데 그것이 진짜 나인지 모르고 점점 커가면서 그것이 진짜 내가 아니란 걸 깨닫게 되었다.

문제는 나이가 들수록 그런 일이 더 많이 발생하고 더 많이 복잡해지며 더 많이 헷갈린다는 점이다.

나는 진짜 내가 아닌데도 진짜 나인 줄 알고 평생 사는 사람들도 보았다. 홍길동이 일곱 명의 홍길동을 만들어 세상을 구했다면, 현실에서는 사람들이 수백 명의 나를 만들어 내 진짜 모습을 찾을 수 없게 만들어버린 것이다. 세상이라는 거울의 방에 홀로 내쳐져 진짜 나를 찾아야 하는 게 인생의 숙제인 셈이다.

나는 침대에 누웠다. 침대의 꿈을 대신 꾸기 시작한 뒤부터 그는 노여움을 풀고 예전의 섬세하고 다정한 친구로 되돌아갔다. 나는 침대를 위해 천장에 야광별도 달아주었다. 침대는 어린아이처럼 기뻐했다. 내가 자는 동안 그는 자신의 꿈에 한층 더 가까워졌다.

바깥이 아직 밝아서 플라스틱 별들은 빛을 몸 안에 품고 있었다.

내 발치에 기린의 뿔처럼 쌓아 올린 책들이 눈에 띄었다. 그것은 팔리지 않은 내 책들이었다. 그 책들은 내가 만들었다는 이유로 유일하게 생물이 되지 못했다.

그 순간 머릿속에 이런 생각이 스쳤다. 어쩌면 무생물이란 내가 있던 세계로부터 사라져버린 존재를 의미하는 게 아닐까? 그것은 죽음과는 다르다. 다람쥐 눈처럼 새까만 세계가 진짜이고 지금 여기 있는 이 세계는 허구가 아닐까? 확실히 이 세계는 정상이 아니다. 누구도 냉장고나 변기가 화를 내는 곳에 살지 않는다.

나는 다람쥐 눈처럼 새까만 곳을 떠올렸다. 그녀가 진짜 나라면 여기 있는 나는 누구인가? 내가 가짜라는 건 있을 수 없는 일이다. 뭔가 잘못되었다. 이것은 무생물에 대한 새로운 정의가 될 수도 있었다. 예를 들면 꿈이나 영원한 망각 속에 갇혀버렸는지도 모른다고 말이다.

'얼른 돌아가야 해.'

이곳은 내가 있을 자리가 아니었다. 여기 있어야 할 사람은 그녀다. 우리의 위치는 서로 바뀌었다. 그녀가 이곳에 오고 내가 그곳으로 가야만 했다. 한 세계에 두 명의 내가 있을 순 없는 일이니까.

눈을 떴을 때는 주위가 이미 어둑어둑해져 있었다.

천장에 붙인 플라스틱 별이 희미하게 빛나고 있었다. 그 조그만 장난감 별은 심장에서부터 서서히 몸 전체로 금빛 나팔을 불고 있었다.

나폴레옹의 충고

"지금 좀 바빠."

내가 심각한 얼굴로 화장실에 들어가자 나폴레옹이 눈치채고 말했다.

그는 막 새로 도착한 손님을 맞이하는 중이었다. 옷자락이 젖을세라 극진하게 맞이하는 걸로 보아 이야기의 주인공은 이곳이 처음인 것 같았다.

"303호야."

나폴레옹이 말했다.

303호는 남자인지 여자인지도 알 수 없는 신비의 베일에 둘러싸인 사람이었다. 나폴레옹은 전부터 303호를 무척 궁금해했다. 나는 그가 무생물일지도 모른다고 말했지만 나폴레옹은 절대 아니라고 했다. 그 집에서 흘러나오는 고독의 물살이 그 증거라는 것이다.

나폴레옹은 생각보다 더 이 일에 열성적이었다. 그는 이 특별한 시간을 방해받을까 봐 문까지 굳게 닫아놓았다. 그가 같이 봐도 된다고 허락해주었으므로 나는 그의 옆에 쪼그리고 앉았다. 나폴레옹이 그 유난히 작고 깜찍한 이야기보따리를 풀었다.

거기에는 이렇게 적혀 있었다.

나는 누구인가?

나는 실망했다. 그러나 나폴레옹은 마음에 드는 시작이라며 303호의 이야기를 담배처럼 소중히 말아 귀에 꽂았다.

그는 마음에 드는 이야기들은 잃어버리지 않게 귀에 꽂는 버릇이 있었다(그의 귀가 몸통 좌측 상단에 달린 레버라는 걸 혹시 몰라 설명해둔다).

그전까지 그가 귀에 꽂고 다녔던 건 204호 여자에 관한 얘기였다. 그녀는 우연히 미국 아이오와주에 있는 대학에서 한 옥수수 실험에 관한 기사를 읽었다. 피실험자인 미혼 여자들에게 수백 미터에 달하는 옥수수밭을 가로지르며 가장 큰 옥수수를 골라 꺾어오라고 한다. 단, 절대로 왔던 길을 되돌아가선 안 되며 단 한 개의 옥수수만 꺾을 수 있다. 그 결과 똑똑하고 능력 있는 여자들일수록 옥수수 알이 쥐똥만 했다.

"그런데 용건이 뭐야?"

나폴레옹이 뒤늦게 생각났다는 듯 말했다.

나는 다람쥐 눈처럼 새까만 세계에 대해 들어본 적 있는지 물었다.

"거기가 어딘데?"

나폴레옹이 물었다.

"진짜 내가 사는 곳."

내가 대답했다.

"그게 무슨 말이야? 진짜 너라니. 네가 진짜가 아니고 가짜라는 거야?"

"난 무생물이지."

내가 말했다.

"알아."

나폴레옹이 비웃었다.

"내 말은 네 영혼이 사는 곳에 가기라도 할 거냐는 말이야."

"그럴 수도 있지."

"농담하지 말고 말해."

그가 약간 짜증을 냈다.

"왜 그런 때 있잖아. 내가 나인 것 같기도 하고 아닌 것 같기도 한 그런 기분이 들 때."

내가 농담하지 않고 말했다.

"배가 아픈 것 같기도 하고 아닌 것 같기도 한 뭐 그런 걸 말하는 건가?"

나폴레옹이 질문을 던졌다.

"음, 그럴 수도 있고."

그러나 나는 그의 말에 확신이 없었다.

나폴레옹의 얼굴에 갑자기 웃음기가 사라졌다.

"너 이 얘기 다른 애들한테도 했어?"

"아니."

내가 말했다.

"내가 처음이야?"

"응."

나는 거짓말을 했다.

노트북이 알지도 모른다는 말은 하지 않았다. 이유는 몰라도 그는 이 주제에 좀 민감해 보였다.

나폴레옹이 안심했다.

"다람쥐 눈처럼 새까만 세계는 들어본 적 없어. 하지만 아마 넌 거기 갈 수 없을 거야. 이유는 묻지 마. 네가 진짜 너라고 생각하면 넌 너야. 하지만 네가 이 세계를 믿지 않으면 아무것도 될 수 없어."

나폴레옹이 말을 끝내는 동시에 찰랑 하고 물소리가 나며 또 다른 이야기가 구멍을 통해 들어왔다. 우리는 동시에 이야기를 바라보았다.

나폴레옹이 조그맣게 비명을 질렀다. 이야기는 한 겹짜리 싸구려 휴지처럼 물을 잔뜩 머금고 금방이라도 가라앉기 직전이었다. 그가 얼른 건져 올렸다. 하단에 빨간색으로 '401'이라고 적혀 있었다.

401호가 상습적으로 옆집 택배 박스를 훔쳤고, 402호가 그 사실을 알고 경찰에 신고하겠다고 하자 이번엔 아랫집 택배 박스를 훔쳤다는 내용이었다. 401호는 도덕이 세상을 구원해준다고 믿지 않았다. 그가 정말 구원해야 할 대상은 자기 자신이었다. 그는 인생을 조금만 더 살만하다고 느끼게만 해준다면 택배 박스에 들어가 남의 집에 들어가는 일도 괜찮지 않을까 상상해보았다.

나는 나폴레옹이 뭔가 알고 있는 듯한 느낌을 받았다. 지금 그는 아무것도 모르는 쾌활한 얼굴을 하고 있지만, 내가 처음 말을 꺼냈을 때 동요하던 그의 표정은 여태껏

봐왔던 것과 뭔가 달랐다.

내가 일어나자 그가 아쉬운 표정을 지었다.

"벌써 가? 좀 더 놀다 가지?"

"아냐, 다음에."

나폴레옹이 말했다.

"아까 그 얘기 다른 애들한텐 절대 말하지 마."

내가 고개를 끄덕였다. 나폴레옹이 만족스러운 미소를 지었다. 내가 막 나가려는데 그가 내 등에 대고 소리쳤다.

"그리고 미안한데! 불은 끄지 말아줘!"

여행 가방이 필요한 이유

밖에 나오니 거실은 캄캄했다. 잠깐 사이에 세상이 완전히 어두워졌다. 나는 어둠 너머로 유령처럼 흔들리는 불빛을 보았다.

나는 창가로 다가가 커튼을 걷었다. 케이크에 꽂은 촛불처럼 가로등이 일정한 간격으로 켜져 있었다. 그 아래 사람들이 왼쪽과 오른쪽으로 걸어갔다. 그 장면이 내 마음을 편안하게 만들어주었다. 어느 쪽이든 둘 다 집일 확률이 높아졌다.

나는 전봇대를 바라보았다. 글 쓸 때를 제외하곤 전봇대를 보는 게 또 다른 나의 일과였다. 그 일은 몹시 중요한 일이었다.

전봇대는 전기 나르는 일 말고도 많은 일을 했다. 사람들이 생각보다 자주 그 아래 무생물을 많이 버렸던 것이다. 나는 동지들에게 깊은 관심을 가지고 있었다.

필요한 분 가져가세요.

무생물들은 슬픔을 뒤집어쓴 고아처럼 서 있었다.

나는 거기 오늘 낮에 보았던 분홍색 여행 가방이 있는 걸 발견했다. 분명 그 가방이 틀림없었다. 그 유아용 장화 같은 유치한 빛깔은 한번 보면 영원히 잊을 수 없는 색깔이었다. 가방은 그의 새 주인으로부터 하루도 안 되어 다시 버려진 것이다. 낮에 검정 모자를 쓴 남자가 너무나도 소중히 안고 갔으므로, 나는 그 가방이 그렇게 빨리 다시 버려질 줄 몰랐다.

한 젊고 호기심 많은 여자가 관심을 보이긴 했지만 그녀는 바퀴가 고장 난 걸 알고 포기했다. 무엇보다 그 가방은 너무 튀었다. 그것은 셰익스피어의 〈한여름 밤의 꿈〉처럼 달콤한 색깔이었다. 그 가방을 칙칙한 도시 사이로 끌고 다닐 용기를 가진 사람은 별로 없을 것이다.

가방은 아무도 가져가지 않았다. 당연한 일이다. 사람들의 발길이 서서히 줄어들고, 촛불을 끌 때까지도 가방은 거기에 있었다.

그것은 좀 고독한 광경이긴 했다. 촛불이 홀로 타고 있다는 점에서 약간 신경 쓰이는 일이기도 했다. 그러나 마침내 인적이 완전히 끊겼을 때, 나는 놀라운 광경을 목격했다. 가방이 스스로 움직이기 시작한 것이다.

나는 내 집 안에 있는 물건들만 생물이 되었다고 생각했다. 어쩌면 그건 나만의 착각이었을지도 모른다.

처음에 그 가방은 약간 꿈틀거리는 정도에 불과했다. 그러나 점차 격렬하게 몸을 뒤틀기 시작했다. 가방의 움직임이 한층 선명하고 과격해졌을 때 무게 중심을 잃고 벌렁 나자빠졌다. 마치 배가 뒤집힌 무당벌레처럼 그것은 누운 채로 버둥거렸다.

나는 숨을 죽이고 가방을 지켜보았다. 지퍼가 열리고 안에서 뭔가가 빠져나왔다. 사람이었다. 꼬물거리는 열 손가락이 먼저 땅을 짚었고, 토끼털처럼 짧고 부드러운 머리칼이 빠져나왔다. 그다음엔 허리, 엉덩이 순이었다.

그녀는 거북이처럼 엉거주춤 네발로 기어 나왔다. 땅콩처럼 작은 여자였다. 나이는 쉰 살 정도로 보였다.

오랫동안 가방에 있었는지 여자는 곧바로 일어나지 못했다. 'ㄴ' 자로 앉아 스트레칭을 한 다음 한 손으로 땅을 짚고 천천히 일어났다. 그녀가 사방을 두리번거렸다.

왼쪽, 오른쪽, 위, 아래. 마치 자신이 어디쯤 있는지 파악해보려는 것 같았지만, 그녀는 나침반이 아니었기에 막막하고 슬픈 눈으로 밤하늘을 올려다보았다.

옆에는 그녀를 막 순산한 분홍색 가방이 숨이 끊어진 듯 내팽개쳐져 있었다.

그녀는 한참 동안 하늘을 올려다보았다. 그러다 무언가 느꼈는지 몸을 돌렸고, 예상했겠지만 거기에는 내가 있었다. 우리는 오래도록 눈을 마주쳤다. 나는 어떻게 해야 할지 몰랐고 그건 그녀도 마찬가지였다.

그녀는 그제야 정신을 차린 듯 황급히 주위를 둘러보았다. 어떤 본능적인 느낌 때문이었는지 가방을 끌고 가려고 했지만 잘 끌리지 않았다. 그녀는 가방에서 나왔는데도 바퀴가 고장 난 걸 몰랐다. 그 고독한 자궁을 짊어지고 가기엔 그녀는 너무 작고 끈기도 없었다. 그녀는 포기하고 왼쪽으로 사라졌다.

나는 새끼 리트리버처럼 가방을 안고 간 건장한 남자를 떠올렸다.

다음날 눈을 뜨자 가방이 보이지 않았다. 그것이 한여름 밤의 꿈 같은 색이든 아니든 그것을 필요로 하는 자들이 아직 남아 있었다.

2부

크기만 다를 뿐 본질은 같은 세계.

비파를 든 문지기

여자는 매일 전봇대 앞에 나타났다. 검정 옷을 뒤집어 쓰고 있어서 잘못 보면 비닐을 둘러씌운 폐가구나 간밤에 누가 담벼락에 갈긴 오줌 줄기처럼 보였다.

그녀는 뒷짐을 지고 전봇대에 기대 지나가는 사람들을 쳐다보았다. 그 모습이 불가리아의 눈먼 예언자를 연상시켰다.

대부분의 사람들은 그녀에게 무관심했지만, 어떤 사람들은 귀신이라도 본 듯 움찔했다. 그녀가 길가의 나무보다 봐줄 만하지 않았기 때문이다.

그녀는 가끔 몸을 돌려 이쪽을 바라보기도 했다. 그때마다 나는 깜짝 놀라 커튼 뒤로 숨었다.

하지만 나중에는 숨지 않았다. 내가 무생물이라는 걸 깜빡했기 때문이다. 누구도 남의 집 무생물을 유심히 보지 않는다.

그러나 그녀가 너무 빤히 쳐다보았으므로 나는 주눅이 들었다. 간혹 남의 집 베란다에 있는 말라비틀어진 화초나 빨래건조대 같은 것에 관심을 갖는 사람들도 있기 때문이다.

오래전 나도 툭하면 거리를 돌아다니며 남의 집을 엿보곤 했었다. 어딜 가나 수많은 집이 있고 누군가 그 안에 말린 고추처럼 사생활을 펼쳐놓았다고 생각하면 이상한 기분이 들었다. 같은 거리라도 그들과 달리 이 거리는 너무 차갑고 나는 바람처럼 떠나야 했기 때문이다.

저녁에는 불 켜진 집들 너머로 집 주인이 보였다. 그중에서도 2층에 위치한 낡은 여관방은 내 관심의 대상이었다. 갓 없는 알전구가 빛바랜 벽지와 군청색 커튼, 앙상한 겨울나무처럼 생긴 스탠드 옷걸이를 비추었다. 새벽에 상반신을 벗은 중년의 남자가 손바닥으로 퉁퉁 부은 두 뺨을 때리며 로션을 발랐다. 그곳은 장기 투숙자의 방이었다.

여자는 전봇대에 기대어 있었다. 어떤 때는 하루 종일 그러고 있었다. 처음에는 그녀가 가방을 찾으러 온 거라고 생각했다. 하지만 매일같이 집요하게 그러고 있자, 가방이 아니라 다른 걸 찾고 있는지도 모른다고 생각했다.

일주일 뒤 그녀는 내 집 앞에 서 있었다. 나는 인터폰 화면에 비친 그녀의 비현실적인 얼굴을 보았다. 어릴 때 본 만화영화 속 보거스처럼 머리통이 납작하고, 볼이 눌리다 못해 튀어나와 있었다.

그녀가 한 번 더 벨을 눌렀지만, 나는 문을 열어주지 않았다.

다음날에도 그녀는 흑백필름처럼 서 있었다. 그것이 아카이브의 무덤에 파묻혀 있는 고전 명작일지도 모른다는 생각이 스쳤지만 나는 여전히 문을 열지 않았다. 아직 마음의 준비가 되지 않았다.

세 번째로 그녀가 나를 찾아왔을 때 나는 두려움을 느꼈다. 그녀는 내가 여기 있는 걸 알고 있었다. 내 심장이 세찬 깃발처럼 펄럭거렸다. 그녀는 정상이 아니었다.

바로 그때 현관문 열리는 소리가 났다. 대문이 멋대로 빗장을 풀어버린 것이다.

"이 집에 누가 들어오고 말고는 내가 결정해. 서로 할 얘기가 있으면 빨리 해치우라고!"

문지기가 소리쳤다.

그는 강철 같은 외모와 달리 두부처럼 물러터진 마음의 소유자였다. 사천왕으로 치면 비파를 든 지국천왕인 셈이다.

그녀가 들어왔다. 그녀의 얼굴은 멀리서 봤을 때보다 더 노숙했다. 바깥에 사는 사람치고 비참함과는 거리가 멀어 보였다.

시츄들이 달려갔다. 감미로운 비파 소리에 맞추어 그녀는 환하게 웃고 있었다.

도리아식 기둥

가까이서 보니 그녀는 쉰 살보다 조금 더 늙어 보였다. 촛불 아래서 더 예뻐 보이는 것처럼 가로등이 그녀의 나이를 열 살은 더 깎아 준 것이다. 현관에 달린 차디찬 백열등 아래서 그녀는 10년은 더 세월에 박해받은 얼굴을 하고 있었다.

문 앞에 몰려든 시츄 떼를 보고 그녀는 지레 겁을 먹었다.

"괜찮아요. 안 물어요."

내가 안심시켰다.

나는 의자들을 작은 방에 격리시켰다.

그녀는 소파에 앉았다. 소파가 그녀를 먹어버릴까 봐 걱정되었지만, 그 전에 리모컨을 먹여놔서 다행히 아무

일도 일어나지 않았다.

나는 긴가민가하며 그녀를 관찰했다. 무생물인 내 말을 그녀가 알아들을지 확신이 서지 않았기 때문이다. 그러나 그녀는 나를 똑바로 바라보았다. 심지어 여유만만한 미소까지 지어 보였다.

그녀의 몸에서는 우유 썩은 냄새가 났다. 재킷에 흙먼지가 잔뜩 묻어 있었다. 그녀는 오랫동안 밖을 떠돌아다닌 모양이었다. 성에처럼 두껍게 낀 바깥공기에 나까지 몸이 덜덜 떨릴 지경이었다.

나는 믹스커피를 끓여 가져다주었다. 그녀는 몹시 기뻐하며 커피를 호호 불어 마셨다.

시츄들이 앞발로 문짝을 긁었다. 나는 주먹으로 문을 한번 쾅 치고는 책상 앞에 있는 비교적 온순한 파트라슈를 들고 왔다.

"갑자기 찾아와서 미안해요."

내가 앉길 기다려 그녀가 사과했다.

"물어볼 데가 전혀 없었어요."

나는 고개를 끄덕였다. 그러면서도 경계를 풀지 않고 미심쩍은 눈초리로 그녀를 쳐다보았다.

그녀가 내게 가방을 본 적 있느냐고 물었다.

나는 그날 밤 일을 떠올렸다. 그녀는 내가 가방을 지켜본 유일한 목격자라는 걸 알고 있었다. 내가 그 가방을 가져갔을지도 모른다고 생각하는 눈치였다. 나는 자고 일어났더니 가방이 보이지 않았다고 설명했다.

"누가 들고 갔는지도 모르시고요?"

그녀가 물었다.

"네."

내가 대답했다.

"아아……."

그녀의 입에서 탄식이 새어 나왔다. 정말로 실망한 것 같았다.

나는 그녀가 어떻게 가방에서 나오게 되었는지 궁금했다. 그것이 흔한 일도 아니거니와 그녀가 완전히 가방에 사로잡혀 있는 것처럼 보였기 때문이다.

그녀가 일부러 가방에 들어갔을 리는 없다. 그날 가방에서 막 나온 그녀의 얼굴은 정말로 대지의 이마를 처음 맞댄 아기의 표정이었기 때문이다. 그 말은 그녀가 가방에 대해 아는 게 전혀 없다는 걸 의미했다.

나는 낮에 가방을 집어 간 검정 모자를 쓴 남자를 떠올렸다. 나는 그녀보다 먼저 그 가방을 알고 있는 사람이었다. 그 남자와 그녀 간에 뭔가 연관이 있을지도 모른다.

그러나 나는 침묵했다. 나 자신을 스스로 궁지에 몰아넣을 필요는 없었다.

그녀는 믹스커피를 남김없이 다 마셨다. 그와 동시에 우리의 대화도 바닥을 드러냈다. 시츄들도 잠이 들었는지 잠잠했다.

그녀가 가보겠다며 일어났다. 나도 엉거주춤 일어났다. 그녀가 나가기 전에 침대가 있는 안방을 힐끔 보았다.

"저 기둥은 뭐예요?"

그녀가 물었다.

"기둥이요?"

내가 이해하지 못하고 되물었다.

"네. 저기 도리아식 기둥이 보이는데요."

그녀가 손가락으로 방안을 가리켰다. 그녀의 손가락이 내 책 기둥을 가리키고 있었다.

"아, 저건 책이에요. 제가 쓴 책이요."

"아아."

그녀가 또 한 번 탄식했다.

"책인 줄도 모르고…… 미안합니다."

그녀가 왜 사과하는지 몰랐지만 나는 괜찮다고 말했다. 나는 그녀를 따라 책 기둥을 바라보았다. 나는 그동안 그게 기린 뿔을 닮았다고 생각했었다.

"한번 읽어봐도 되나요?"

그때 그녀가 물었다.

조금 당황했지만 책을 빌려주는 게 특별히 어려운 일이 아니라는 생각이 들었다. 나는 그녀가 가리킨 도리아식 기둥에 다가가 책을 한 권 뺐다. 그래도 내 책들은 끄떡없었다. 가까이서 보니 그녀의 말대로 도리아식 기둥이라고 해도 손색없을 것 같았다.

"심심할 때 읽으세요."

내가 책을 건넸다.

"고마워요."

그녀가 책을 품 안에 안으며 말했다. 그 모습이 기둥일 때보다 훨씬 잘 어울렸다.

"이제 가볼게요. 커피 잘 마셨어요."

그녀가 말했다.

"어디로 가시게요?"

"가방 찾으러요."

그녀가 갑자기 슬픈 표정을 지었다.

문지기는 졸고 있다가 그녀가 오자 성난 표정을 꾸미며 문을 열었다.

나는 창가에 서서 그녀가 전봇대를 꺾어 왼쪽으로 사

라질 때까지 쳐다보았다. 그녀는 뒤돌아보지 않았다.

그녀가 나간 소리를 듣고 잠에서 깬 시츄들이 거칠게 문을 긁어댔다. 나는 얼른 문을 열어주었다. 의자들이 앞 다투어 뛰쳐나왔다.

화장실에 가니 나폴레옹이 쪼그리고 앉아 있었다. 무얼 꽂기 좋게 생긴 귀에 '나는 누구인가?'라는 이야기를 꽂고 있었다.

나는 303호에게 다른 이야기가 왔느냐고 물어보았다.

"없어."

나폴레옹이 실망한 목소리로 말했다.

"벌써 며칠째 무소식이야. 아무래도……."

나폴레옹이 상심한 표정을 지었다.

"아무래도?"

"자기가 누군지 까먹었나 봐."

나는 3초 멍해졌다가 웃음을 터뜨렸다.

"왜 웃어?"

나폴레옹이 따졌다. 아마도 자기를 놀린다고 생각한 모양이었다.

"왜 웃냐니까?"

그가 한 번 더 물었다.

"아냐, 아무것도."

그것은 그럴듯한 농담이었다. 그것은 농담이 아닐 수
도 있었다. 어느 쪽이든 그것은 웃기는 말이었다.

다시 돌아온 조각

303호에게는 아무런 소식이 없었다. 나폴레옹은 이제 다시는 303호를 기다리지 않을 거라고 했다. 그러면서도 귀에 꽂은 그 이야기만은 책장 사이에 끼운 네잎클로 버처럼 버리지 않았다.

그 여자는 내 책을 들고 다시 찾아왔다. 여전히 지저분한 차림이었지만 무슨 즐거운 일이라도 있는지 얼굴이 좋아 보였다.

그녀는 현관에 들어서면 언제나 몸을 탈탈 털었는데, 그렇게 해도 도시의 흙먼지를 골고루 뒤집어쓴 그 재킷은 결코 도시와 떨어지려고 하지 않았다.

그녀는 지난번과 달리 날뛰는 시츄들을 두려워하지도 않았다. 그러나 나는 그들을 가두어버렸다.

그녀가 소파에 앉았다.

내가 잘 지냈냐고 묻자 그녀가 그렇다는 뜻으로 고개를 힘차게 끄덕거렸다.

나는 서둘러 커피를 끓여 가져다주었다. 그녀는 두 손으로 들고 마치 죽이라도 먹듯 맛있게 마셨다. 나는 흙더미라도 파헤쳤는지 까맣게 때가 낀 그녀의 손을 쳐다보았다. 그녀의 몸에서는 전보다 더 참기 힘든 악취가 났다.

"가방은 찾으셨어요?"

내가 물었다.

"아니요. 아무리 돌아다녀도 안 보이네요. 하지만 조만간 찾을 수 있을 것 같은 예감이 들어요. 가방에 대해 알고 있는 사람들을 만났거든요."

그녀가 미소 지었다. 커피에서 나온 김 때문에 그녀의 눈동자가 금이 간 것처럼 보였다.

"그들도 가방에서 나왔어요."

그녀가 말했다.

나는 내 귀를 의심했다. 나는 그 분홍색 여행 가방을 말하는 거냐고 물었다.

"아뇨, 다른 가방이요. 그들은 다른 가방에서 나왔어요. 우리는 누가 먼저랄 것도 없이 가방에서 나온 걸 한눈에 알아봤어요. 그리고 친구가 되었답니다. 우리는 이제 다 같이 모여서 가방을 찾으러 다니고 있어요."

그녀는 많은 동지가 생겨서 전보다 덜 외로운 것 같았다. 그건 좋은 일이었다.

다만 조금 이해가 안 되는 게 있었다. 무생물인 내가 어떻게 그녀와 대화를 나눌 수 있는가 하는 것이었다. 이것은 그녀가 우리 집에 찾아왔을 때부터 든 의문이었다. 그녀는 아무리 봐도 무생물처럼 보이지 않았다. 무생물은 친구를 만들지 못한다.

"가방에서 나오는 일이 그렇게 흔한지 몰랐어요."

내가 말했다.

"저도 제가 유일한 줄 알았어요. 그런데 저보다 한참 전에 가방에서 나온 사람도 있더라구요."

그녀가 마치 놀라운 발명이라도 한 사람처럼 말했다.

"참, 오늘 여기 온 건 이걸 돌려주려고 온 거예요."

그녀가 품 안에서 뭔가를 꺼냈다.

나는 그것을 한눈에 알아보았다. 그것은 내 도리아식 기둥 조각이었다.

"안 돌려주셔도 되는데. 이건 선물로 드린 거예요."

내가 손을 내저었다.

그녀가 도로 가져올 줄도 몰랐고, 그 조각을 다시 기둥에 꽂아 넣을 자신도 없었다. 그랬다가 무슨 천재지변이 일어날지도 모른다.

"정말 가져도 되나요?"

그녀가 눈을 반짝거리며 말했다.

"그럼요."

내가 말했다.

"실은 같이 다니는 사람 중 한 명이 이 책에 흥미를 보여서요. 빌려주고 싶은데 제 것이 아니라서 말을 못 했어요. 이 책을 보면 무척 좋아할 거예요."

그녀가 가슴을 폈다.

"주인공들이 마치 우리 같거든요."

왕국에서 왕국으로

그녀는 일주일에 한 번씩 찾아왔다. 그녀는 좋은 소식이라며 지난번 내게 말한 친구에게 그 책을 빌려주었는데, 반응이 폭발적이라서 다른 친구에게도 빌려주었다고 했다.

"그분은 우리의 정신적 지주와도 같은 분이라서 그분이 마음에 든다는 건 모두의 마음에 든다는 뜻이에요."

그녀가 말한 정신적 지주는 그녀보다 1년 먼저 가방에서 나왔다. 그가 정신적 지주가 된 건 나이가 가장 많기도 하지만, 가방에서 나온 사람 중에 아버지들이 많기 때문이다. 그들은 오랫동안 한 집안의 기둥이었다. 굳이 말하자면 도리아식 기둥이었다.

여행 가방은 10년 전 그가 은퇴 후 가족들과 처음 해외 여행을 갔을 때 산 것이라고 했다. 그들은 신이 나서 백화점에 가서 여행 가방을 샀다. 가장인 그가 가장 큰 가방을 샀고, 거기에 헤어드라이기나 전기 포트, 김치 같은 가족 모두를 위한 사소하지만 중요한 물건을 담았다. 그리고 마지막에는 그가 들어 있었다.

"아줌마는요?"

어느새 나는 그녀를 아줌마라고 불렀다.

그녀는 처음 보는 납작한 헌팅캡을 눌러쓰고 왔는데, 마치 그 안에 그날의 기억이 있기라도 하듯 정수리 부분을 주먹으로 꽉 눌렀다.

그녀는 자고 있었다고 했다. 길을 가다가 흙탕물을 밟았는데, 알고 보니 흙탕물이 아니라 두더지 굴이었다고 했다. 그녀는 굴속으로 떨어졌다. 아득하고 깊은 굴이었다. 그녀는 굴을 따라가다 보면 밖으로 나올 수 있을 거라고 생각했다. 그러나 아무리 걸어가도 빛은 보이지 않았다. 땅속이 습해서 흙들이 그녀의 발에 달라붙었다. 진흙은 점점 더 달라붙었고 퇴적층처럼 쌓였다. 신기한 건 흙이 아무리 쌓여도 그녀의 발의 무게는 처음과 똑같았다는 점이다.

마침내 그녀의 키는 땅굴을 뚫고 나올 만큼 커졌고 탈출에 성공했다. 하지만 발에 붙은 흙이 떨어지지 않았다. 아무리 지상에 나오려고 해도 그녀의 몸은 꼼짝도 하지 않았다. 그녀는 살려달라고 소리쳤다.

사람들이 그녀를 도우러 왔지만 쇳덩이처럼 흙이 단단해서 포기하고 가버렸다. 그녀는 나무처럼 한자리에 서 있느니 차라리 땅속에 있는 게 낫겠다고 생각했다. 바로 그때 두더지들이 흙을 부수어버렸고 그녀는 다시 지하 세계로 돌아갔다.

"이번엔 굴이 아니라 가방이었던 거야."

그녀는 자신이 어떻게 가방에 들어갔는지는 모른다고 했다. 너무 캄캄해서 꿈에서 깬 줄도 몰랐다고 했다. 그것이 여행 가방일 줄은 더더욱 상상도 하지 못했다(누가 그런 상상을 하겠는가).

오래전 남편이 죽고 어린 아들을 홀로 키워내느라 여행은커녕 여행 가방도 구경 못 해봤기 때문에 가방에서 나오고도 그녀는 자신이 어디에서 나온 건지 한동안 어리둥절했다. 나중에, 그러니까 사흘이 걸리고 나서야 그녀는 그것이 여행 가방인 걸 알았다.

내가 원래 무슨 일을 했느냐고 묻자 그녀가 화장실 청소라고 대답했다.

그녀의 머릿속엔 온통 가방 생각뿐이었다. 어떻게 된 일인지 그녀는 집에 돌아갈 생각이 없어 보였다. 거리에 있는 사람치고는 그다지 기죽어 보이지 않아서 다행이었다.

커피를 다 마신 뒤 그녀가 책을 한 권 더 빌릴 수 있는지 물었다. 사람들이 너무 많이 돌려본 나머지 벌써 책이 너덜너덜해졌다고 했다. 심지어 몇 장은 사라졌다고도 했다.

"그 부분이 특히 마음에 와닿았나 봐."

그녀는 이제 내게 편하게 말을 놓았다. 내 책이 그렇게 인기 있어 본 적 없어서 나는 어쩔 줄 몰라 했다.

나는 도리아식 기둥을 무너뜨리고 책 열 권을 더 그녀에게 주었다. 그녀가 기뻐하는 모습을 보니 나도 기분이 좋았다.

그녀는 그 책들을 소중히 품 안에 안고 그들의 왕국으로 날랐다.

사라진 이야기들

한밤중에 소란이 일어나서 잠에서 깼다. 거실로 나오니 바닥에 물이 흥건했다.

냉장고가 얼른 화장실로 가보라고 했다.

안에서 "없어! 없어!"라는 나폴레옹의 혼비백산한 목소리가 흘러나왔다.

"무슨 일이야? 뭐가 없다는 거야?"

내가 물었다.

"없어. 안 보여. 아무리 뒤져봐도 없어."

나폴레옹이 다급하게 말했다.

"뭐가 안 보이는데?"

"이야기들."

나폴레옹이 말했다.

"지금까지 한번도 이런 적이 없었어. 이야기들이 너무 많아서 골치였었지. 요새 들어 이야기가 좀 줄긴 했지만 그것도 시즌이란 게 있는 거니까. 그러더니 요 며칠 새 이야기가 아예 안 오는 거야. 혹시 누가 내 이야기를 가로챈 게 아닐까?"

"너 말고 이야기에 관심 있는 다른 변기라도 있다는 거야?"

내가 물었다.

"그래. 안 그래도 짐작 가는 녀석이 하나 있거든."

나폴레옹이 말했다.

"누군데?"

나폴레옹이 귀에 꽂고 있던 이야기를 꺼내 펼쳤다. 거기엔 '나는 누구인가?'라고 적혀 있었다. 내가 이해를 못하고 나폴레옹을 쳐다보았다.

"네 말이 맞았어. 303호도 무생물인 것 같아."

"뭐?"

"이건 303호가 보낸 이야기가 아니야. 그 자식 변기가 보낸 거라고. 그러면 그렇지. 너무 조용해서 이상하다 생각했는데. 그 집 변기가 내 이야기를 몽땅 가져가는 게 틀림없어."

나폴레옹이 주먹으로 수면을 쳤다. 그 바람에 퐁당 하고 작은 물보라가 일었다.

"그럼 거기서 나온 고독의 물살은?"

내가 물었다.

"나도 그게 좀 이상해. 무생물이 사는 곳에는 원래 고독의 물살이 나오지 않거든. 아무래도 303호 말고 누군가 더 있는 모양이야. 그래서 말인데 네가 좀 도와줘야겠어."

나폴레옹이 비장한 표정을 지었다.

"난 이야기들을 포기할 수 없어. 그건 원래 내 이야기들이고, 나만큼 그 이야기들을 사랑하는 변기는 없어. 그 이야기들이 303호에 흘러 들어가는 건 불행한 일이야. 고독의 물살이 나오는 집에 이야기들이 들어간다고 생각해봐."

나는 잠시 생각해보았다. 잘 상상이 되지 않았다.

"하지만 내가 어떻게 널 도와줄 수 있을까? 난 무생물인데."

내가 말했다.

"네 친구 있잖아."

나폴레옹이 말했다.

"친구?"

"그래. 가방에서 태어났다는 그 아줌마. 그 아줌마한

테 303호에 가보라고 부탁해봐.”

“그 아줌마는 내 친구가 아니야.”

내가 말했다.

“무생물은 친구를 만들지 않는다구.”

“네 말이 맞아.”

나폴레옹이 말했다.

“너에겐 그 아줌마가 친구가 아니겠지. 하지만 그 아줌마에게 넌 이미 둘도 없는 친구란 건 알고 있겠지? 이 멍청아.”

착착 진행되는 준비

나폴레옹은 그녀밖에 우릴 도울 사람이 없다고 했다. 내가 그에게 직접 말해보는 게 어떻겠느냐고 했지만, 나폴레옹은 그러길 꺼렸다. 그러고 보니 아줌마가 집에 오면 날뛰는 시츄들 빼고는 다들 점잔을 뺐다. 말없이 우리의 대화에 귀 기울였고, 그녀가 가고 나서도 아무도 찾아온 적 없었던 것처럼 행동했다.

그러나 그들은 나폴레옹처럼 그녀와 나 사이를 다 알고 있는 게 분명했다.

나폴레옹은 내가 자기 일을 도울 수밖에 없을 거라고 말했다. 그의 해협은 절망과 복수심으로 가득 차 벌써부터 출입이 통제되는 일이 잦았다. 나는 그가 그렇게 흥분한 모습을 처음 보았다. 그의 말이 빈말이 아니란 걸 알 수 있었다. 이 비상식적인 물건들의 정글에 살아 있는 한 무슨 짓이든 해야만 했다.

그녀는 늘 해가 기울기 전에 왔다. 몇 시인지 정확히 알 수 없지만, 그녀의 말로 추정컨대 정오는 넘기지 않는 것 같았다. 그녀는 아침 10시에서 11시 사이가 무얼 결정하기에 가장 좋은 시간이라고 했다.

나는 언제나처럼 그녀를 위해 달콤한 커피를 끓였다. 처음에는 믹스 봉지 한 개만 넣었지만, 언제부턴가 두 개를 넣었다.

그녀는 커피를 마시기 전에 늘 코로 냄새를 맡는 습관이 있었다. 그 모습은 커피 향 너머 만드는 사람의 정성을 음미하는 것처럼 보였다. 그녀는 같이 있는 사람으로 하여금 보람을 느끼게 하는 타입이었다.

나는 문틈으로 샤워기가 머리를 쳐들고 나를 향해 혀를 날름거리는 걸 보았다.

아줌마는 평소처럼 그녀의 친구들과 가방에 관해 추가로 발견한 정보들을 얘기했다. 나는 집중하지 못했다. 내 머릿속엔 온통 그녀에게 나폴레옹의 부탁을 어떻게 전해야 하나 하는 생각뿐이었다.

그녀가 커피를 다 마실 때까지 나는 말을 꺼내지 못했다. 먼저 이상한 낌새를 느낀 그녀가 무슨 일인지 물었다.

나는 303호에 가서 어떤 사람이 사는지 알아봐달라고 했다.

"이유는 나중에 설명해드릴게요. 지금은 좀 애매해요. 곤란하다고 해야 하나. 여러 가지로 복잡해요."

그녀는 얌전히 들었다. 조금도 이상해하거나 난처해하는 기색은 없었다. 그녀가 가방에서 나온 사람이란 걸 잊어서는 안 된다.

"그런 거라면 해줄 수 있지. 별로 어려운 일도 아니야. 다만 문제가 하나 있어."

"뭔데요?"

내가 물었다.

그녀가 헌팅캡 정수리를 주먹으로 눌렀다 뺐다.

"이런 행색으론 널 돕기 힘들 거야. 날 보자마자 쫓아낼걸?"

아줌마가 말했다.

"그런 거라면 걱정 마세요."

내가 말했다.

"제 옷을 입으시면 돼요. 살아 움직인다는 게 문제긴 하지만. 값비싼 옷은 괜찮을 거예요. 나가고 싶어서 좀이 쑤셔 하니까. 무슨 말이냐면, 그런 게 있어요."

나는 그녀를 욕실로 안내했다.

"일단 목욕부터 하시는 게 어때요? 아, 놀라지 마세요.
저건 뱀이 아니라 샤워기예요. 뱀처럼 흉악하게 생기긴
했지만, 아줌마 앞에선 낚싯바늘을 끼운 지렁이처럼 얌
전히 있을 거예요."

그녀가 샤워할 동안 나는 옷을 몇 벌 골라두었다. 그녀
가 너무 땅콩만 해서 옷들이 맞을지 걱정되었다. 걱정은
기우였다.

그녀가 옷을 입자마자 옷들이 알아서 그녀의 몸에 맞
게 자신을 변형시켰다. 그녀가 옷을 입은 건지, 옷이 그
녀를 입은 건지 헷갈릴 정도였다.

ᕮ

행복한 왕자

아줌마가 303호에 가 있는 동안 나는 나폴레옹과 함께 있었다. 나폴레옹은 그녀에게서 심한 똥 냄새가 난다고 불평하면서도 그녀를 본 순간 친밀감 이상의 숭고한 우정을 느꼈다고 말했다.

샤워까지 하고 새 옷을 입은 아줌마는 전혀 다른 사람이 되었다. 가방에서 나온 사람 같지 않았다. 그녀에게 하늘색 블라우스와 검정 슬랙스를 입혔는데, 공인중개사 같기도 하고 보험설계사 같기도 했다.

그녀가 할 일은 303호에 누가 사는지 알아내는 것이었다. 그것만 알아도 나폴레옹은 자신이 전부 해결할 수 있다고 우겼다.

나는 현관까지 아줌마를 배웅했다. 그녀가 잘 해낼 수 있을지 걱정스러웠지만 푹 꺼진 방석 같던 머리가 탱글탱글하게 부풀어 오른 걸 보니 안심이 되었다. 그녀는 수줍음 타는 성격도 아니었다. 그녀가 힘차게 출발했으므로 내가 할 일은 그녀의 모험을 응원해주는 것뿐이었다.

그녀는 예상보다 늦게 돌아왔다.

하마터면 나는 그녀를 못 알아볼 뻔했다. 그만큼 내가 준 옷은 그녀에게 잘 어울렸다.

그녀는 습관처럼 손바닥으로 옷을 털었다. 그 바람에 그 거만한 깍쟁이들은 작은 비명을 질러댔다.

나는 그녀의 코에 빨갛게 긁힌 자국이 있는 걸 발견했다. 나는 무언가 끔찍한 일이 일어났다는 걸 직감했다. 그녀가 소파에 앉자마자 어떻게 되었는지 물었다.

그녀가 입을 열었다.

"집 주인이 문을 열어준 건 아니야. 내가 들어간 거야."

그러니까 그녀는 무단침입을 한 것이다. 벨을 눌러도 반응이 없자 손잡이를 돌려 들어갔다는 것이다. 그녀가 경찰에 붙잡히지 않은 게 다행이었다. 만일 그랬다면 일이 복잡해졌을 것이다.

그녀는 그 집을 이상한 집이라고 표현했다. 가구나 짐

이 하나도 없다는 것이다.

"마치 아무도 살지 않는 집처럼."

그녀는 그렇게 말하면서 의미심장하게 우리 집 물건들을 둘러보았다. 모르는 척하고 있지만 우리 집도 정상이 아닌 걸 아는 게 틀림없었다.

그녀는 그 집이 빈집인 줄 알고 도로 나오려고 했다. 그 순간 찬바람이 휙 끼쳤고, 창문이란 창문은 모조리 열려 있으며, 무언가 거기 있는 걸 깨달았다.

"새야. 내 코가 이렇게 된 건 새 때문이야."

내가 아까부터 자기 코를 보는 걸 눈치채고 그녀가 말했다. 코는 빨간 고깔을 쓴 것처럼 부풀어 있었다.

아줌마는 그 새가 사람이 기르는 새는 아니라고 했다. 수수하고 조그맣고 야생에 사는 새였다고 했다.

"아마도 창문을 통해 들어왔겠지."

그녀가 말했다.

그녀가 새를 쫓으려고 하자 새는 그녀의 코를 물고 안방으로 도망쳐버렸다. 그녀도 쫓아 들어갔다. 거기에 303호가 있었다.

"아주 젊은 남자였어. 얼굴이 하얗고 아주 잘생긴 남자였지. 난 당황해서 미안하다고, 집을 잘못 찾아온 모양이라고 말했어.

남자는 아무 말도 못 들은 사람처럼 나를 쳐다봤어. 표정도 없고 움직이지도 않았지. 난 그가 눈이 안 보이거나 귀가 안 들리나보다고 생각했어. 어쩌면 둘 다일 수도 있고.

바로 그때 그가 어딜 찾느냐고 물었고 나는 202호라고 했어. '한 층 내려가셔야 해요.'라고 그가 친절하게 말했어.

그는 아무 이상 없었어. 그냥 좀 무감각했던 모양이야. 이 날씨에 창문까지 열어놓고 반소매 티셔츠를 입고 있었거든.

하지만 좋은 사람이었어. 그가 현관까지 나와서 문을 열어줬어. 그게 다야."

그녀가 이걸로 충분하냐고 물었다. 나는 그렇다고 했다.

그녀는 자신이 원래 입고 왔던 옷으로 갈아입었다. 새 옷을 입고 가라고 해도 소용없었다. 옷들은 시무룩해졌다. 그들은 너무 실망한 나머지 목이라도 맬 것처럼 제 발로 옷걸이에 걸렸다.

그녀는 다시 가방에서 나온 사람이 되었다. 그녀의 옷에서 나는 악취가 코를 찔렀다.

나는 언제나처럼 그녀가 전봇대를 돌아 사라질 때까지

바라보았다. 머리부터 발끝까지 검정 옷을 입고 있어 언뜻 보면 대낮에 실수로 떨어진 사람 형상의 어둠 같았다.

나는 곧바로 나폴레옹에게 가지 않았다. 모르긴 몰라도 이미 문틈으로 그녀의 얘기를 다 들었을 거란 생각이 들었다.

303호는 무생물이 아니었다. 그의 변기는 이야기를 훔치지 않았다.

그러나 이 일로 나는 그녀가 말한 잘생긴 무감각한 남자와 그녀의 코를 물고 달아난 야생동물에 비상한 관심이 생겨나는 걸 느꼈다.

어쩌면 그도 나와 같은 무생물일지도 모른다.

나는 오스카 와일드의 《행복한 왕자》를 떠올렸다. 어릴 때 나는 보석과 금박으로 장식한 화려한 동상과 새의 우정 이야기를 무척이나 좋아했다. 그 이야기는 동화라고 하기엔 지나치게 어둡고 비극적인 데가 있었다. 이제야 내가 왜 그 이야기에 열광했는지 알 것 같다.

행복한 왕자도 무생물이었다.

예상치 못한 응답

나폴레옹은 다시 이야기들을 되찾았다. 왜 그동안 이 야기들이 떠내려오지 않았는지 모르지만 303호와 관계가 없는 건 분명했다. 아마 변기가 막혔던지, 수조 장치에 고장이 있었나보다고 나폴레옹은 대수롭지 않게 말했다.

그는 이야기들을 하나하나 소중하게 물 위에 띄워놓았다. 형형색색의 이야기들은 멀리서 보면 선상 파티라도 하는 것 같았다.

"네 친구한테 고맙다고 전해줘. 보기보다 쓸모 있는 사람이야."

나폴레옹이 말했다. 몹시 기분이 좋아 보였다.

나는 이 틈을 타 내 이야기도 다른 사람의 집으로 건너갈 수 있는지 물었다.

"그건 불가능해. 무생물은 자기만의 이야기를 가질 수 없어."

나폴레옹이 말했다.

"하지만 네 대신 내가 메시지를 보낼 순 있을 거야. 한 번도 해본 적은 없지만."

나는 303호에 이야기를 보내고 싶다고 했다. 그는 약간 놀라면서도 구미가 당기는 표정을 지어 보였다. 아직 그 집 변기에 대한 의심을 완전히 내려놓지 못했기 때문이다.

나는 가볍게 '안녕'이라는 인사를 보내보기로 했다. 레버를 누르자 물살이 힘차게 내려갔고 이야기는 새로운 조류에 휩쓸려 위쪽으로 올라갔다.

나폴레옹은 하루면 답장이 올 거라고 말했다. 단, 그가 변기들의 언어를 이해한다는 전제하에.

답장은 오지 않았다.

나폴레옹은 이번 일로 303호에 대한 의심을 완전히 거두었다.

"303호는 무생물이 아닌 게 맞아. 내가 완전히 착각했어.”

나폴레옹의 귀는 다시 303호의 쪽지를 꽂고 있었다. 그 집 변기에게 더 이상 이야기를 빼앗길 위험이 없어진 것 말고도 그는 언제든 303호의 이야기가 떠내려올지도 모른다는 기대감에 젖어 있었다.

그러던 어느 날 나는 전혀 엉뚱한 방향으로 응답을 받았다. 방 안에 앉아 글을 쓰고 있는데, 어디선가 창문 두드리는 소리가 들렸다. 이 집 안엔 나를 제외한 모든 것이 소리를 가지고 있었으므로 나는 소음들에 무뎌진 상태였다.

소리는 계속되었다. 우박이라도 내리나 싶어 창밖을 보았지만 하늘은 화창했다.

거실로 나가 보니 갈색 깃털을 가진 새 한 마리가 창문 앞 난간에 앉아 있었다. 이 집에 살면서 그런 일은 맹세코 한번도 없었다. 그 순간 아줌마가 말한 야생의 새가 떠올랐다.

새는 막 흙 속에서 뽑아낸 감자처럼 몸을 웅크리고 앉아 있었다. 참새처럼 생겼지만 참새는 아니었다. 배 쪽은 하얗고 갈색 깃털 사이사이로 검정 잡털이 솟아나 있었다.

창문을 두드린 건 그 새였다. 작은 부리로 우리 집 유리를 쪼아대고 있었다.

나는 창문 앞에 쪼그리고 앉았다. 새는 나를 보고 도망가지 않았다. 마치 내게 무슨 할 말이 있는 것처럼 고개를 갸웃거리며 나를 빤히 쳐다보았다. 가느다란 발톱이 공중에 밀려오는 물결에 휩쓸리지 않으려고 바짝 힘을 주고 있었다.

그 새는 사람 손을 타지 않은 게 분명했다. 보고 있는 것만으로 내 마음이 보드라운 풀밭 위를 걷는 듯 편안해지는 게 그 증거였다.

나는 조심스럽게 창문을 열었다. 집 안에 들어오고 싶은 걸지도 모르겠다고 생각했기 때문이다. 새는 같은 자세로 잠시 앉아 있었다. 그러다 날개를 꽉 붙이고 파르르 떠는가 싶더니 별안간 푸드덕 날아올랐다.

크기만 다를 뿐 본질은 같은 세계

"저 새가 맞아."

아줌마와 나는 거실 창 난간에 앉은 새를 바라보았다. 그날 이후 새는 하루에 한 번 모습을 드러냈다. 우리 집 방문객이 한 명에서 둘로 늘어난 셈이다.

나는 새가 오면 창문을 열었다. 좀 춥긴 했지만 환기도 되고 새에게 믿음직한 인상도 주고 싶었다. 그러나 새는 결코 집 안으로 들어오지 않았다.

새는 아줌마를 보고도 달아나지 않았다. 귀엽게 고개를 까딱거리며 우리 두 사람을 관찰할 뿐이었다.

"아줌마가 303호에 다녀온 뒤부터 매일 우리 집에 와요."

내가 말했다.

"그 문제라는 건 해결됐어?"

아줌마가 생각났다는 듯 물었다.

"네. 303호랑은 관계없는 일이었나 봐요."

아줌마의 코에 난 상처는 완전히 아물었다. 세게 물린 건 아닌 듯했다. 그녀는 새에게서 눈을 떼지 못했다. 트라우마 때문만은 아니었다.

"보통 새가 아닌 것 같아. 마치 우리 얘길 엿듣고 있는 것 같잖아."

그녀가 목소리를 낮추었다.

"저렇게 생긴 새는 처음 봤어. 거리에 사는데도 저런 새는 본 적이 없어. 몸집도 그렇고, 색깔도 그렇고 멀리서 보면 꼭 다람쥐 같아."

나는 화들짝 놀랐다.

"다람쥐요?"

내가 물었다.

"응. 다람쥐들은 나무처럼 높은 데도 잘 오르내리잖아. 꽁지가 좀 더 풍성했으면 다람쥐라고 말해도 믿었을 거야."

하마터면 나는 그녀에게 다람쥐 눈처럼 새까만 세계에 대해 말할 뻔했다. 그날 이후 다람쥐 눈처럼 새까만 세계를 본 적은 없지만, 나는 그 세계에 대한 의혹을 버리지 못했다. 나폴레옹에게 약속한 대로 아무에게도 털어놓지 않았을 뿐 그 세계에 뭔가 있다고 믿었다.

그런데 문득 아줌마의 말을 들으니 그녀라면 그 세계에 대해 알고 있을지도 모른다는 생각이 들었다.

"저 새는 사람이 무섭지도 않은가 봐."

그녀가 말을 이었다.

"아님 배가 고픈가? 혹시 먹을 거 줘봤어?"

"아뇨. 줄 만한 게 없어요."

내가 대답했다.

그녀가 아쉽다는 표정을 지었다. 자꾸만 냉장고를 힐끔거리는 게 지금이라도 그 안을 뒤져보길 바라는 눈치였다. 그러나 냉장고 안에 밀봉된 내 미래와 홍어처럼 삭힌 사랑, 밑천을 드러낸 용기와 희망만이 가득 차 있는 걸 보여줄 수는 없었다.

그녀가 포기하지 않고 장은 보는지 물었다.

"인터넷으로 주문해요."

내가 말했다.

"밖에는 안 나가?"

"안 나가요."

나는 솔직하게 대답했다.

　무생물이라서 나갈 수 없다는 말은 하지 않았다. 나는 아직 그녀에게 내가 무생물이라고 밝히지 않았다.

　나는 그녀가 나를 걱정할 입장이 아니라고 생각했다. 내가 집 안에만 갇혀 있다면 그녀는 집 밖을 떠도는 처지였기 때문이다. 그녀와 내가 머무는 세상의 크기만 다를 뿐 본질은 똑같았다. 둘 다 찾고 싶은 게 있지만 어디 있는지는 몰랐다. 그것을 찾기 전까진 당분간 이러한 상황은 계속될 것이다.

　나는 그녀에게 언제쯤 집에 돌아갈 건지 물었다.

　"가방을 찾으면."

　그녀가 헌팅캡을 쓴 앵무새처럼 말했다.

담배 맛이 나는 커피

　나는 아줌마에게 검정 모자를 눌러쓴 남자가 전봇대 주변을 서성거렸다고 말하지 않았다. 아줌마가 버려지기 전 그 남자가 여행 가방을 들고 갔다는 것도 물론 말하지 않았다.

　아줌마가 여행 가방을 구경해본 적 없단 말은 사실일 것이다. 그날 이후 나는 그 가방을 다시 본 적이 없다. 그러나 그 남자가 그녀가 말한 아들일 거라고 나는 확신했다.

　그녀는 자기 아들이 가방에 자신을 담았다고 의심하지 않았다. 웬일인지 가방에 자신을 담은 건 아들이 아니라 자기 자신이라고 믿었다.

그녀가 가고 나서도 새는 난간에 웅크리고 앉아 있었다. 새에게 먹이를 줄 생각은 한번도 안 해봤다. 아주 잠깐 아줌마가 커피 말고 먹을 걸 달라는 말을 새를 핑계 삼아 돌려 말한 게 아닐까 생각했다.

나는 냉장고를 열었다. 나의 냉장고는 내가 넣은 가치들을 최상의 상태로 지켜내고 있었다. 내가 처음 넣었을 때와 거의 똑같았다. 그가 얼마나 신뢰할 만한 냉장고인지 시간이 갈수록 점점 깨닫고 있다.

나는 어떤 게 좋을까 고민하다가 용기를 꺼냈다. 거의 바닥을 드러내고 얼마 없긴 했지만, 솜사탕처럼 달고 녹아내리는 희망보다는 조금 딱딱한 게 새가 먹기에 더 좋을 것 같았다.

나는 용기를 난간에 올려놓았다. 새는 반대편으로 비켰다가 되돌아왔다. 시험 삼아 한번 맛보더니 작고 뾰족한 부리로 정신없이 쪼아 먹었다.

아줌마는 내 책이 아주 인기가 좋으며 그다음 책이 언제 나오는지 궁금해하는 사람이 많다고 했다. 그녀는 내가 벌써 한 달째 방에서도 안 나오고 글 쓰는 데만 전념하고 있다고 말해주었다.

나는 부담감을 느꼈다. 책이 잘 써지지 않는다는 말은

구태여 하지 않았다.

그녀가 올 때마다 책들을 가져가는 바람에 내 방에 도리아식 기둥은 보이지 않았다.

그녀 말에 의하면 내 책은 태풍처럼 빠른 속도로 사람들에게 퍼지고 있으며, 다들 그 책을 품 안에 한 권씩 넣고 다닌다는 것이다. 가방에서 나온 사람인지 확인하기 위해서 내 책을 읽었는지 물어볼 정도라고 했다.

내 책은 그 은밀하고 독특한 지하 세계에 뿌리내리고 있었다. 다행인지 불행인지 그들은 내 책을 좋아했다.

나는 그 책을 일하면서 썼었다. 일이 늦게 끝났기 때문에 저녁도 거르고 집에서 걸어서 15분 걸리는 카페에 가서 글을 썼다. 그곳은 커피에서 담배 맛이 나서 손님이 나밖에 없었다. 1년 뒤 카페는 문을 닫았다. 그 자리에는 드라이플라워를 파는 꽃집이 들어왔다.

나는 그들이 가방을 찾는 게 오래 걸릴지, 내 책이 나오는 게 오래 걸릴지 궁금했다. 사실, 되기만 한다면 시간은 중요하지 않았다. 그러나 모두 실패한다면 우리는 어떻게 될 것인가?

나는 조바심을 느끼고 책상 앞에 앉았다. 벌써 며칠째 아무것도 쓰지 못했다. 노트북은 눈에 띄게 기운을 잃어가고 있었다. 다람쥐 눈처럼 새까만 세계가 나타난 뒤부터 그와 나 사이는 더욱 서먹해졌다. 그는 다른 생물들처럼 나를 비난하지는 않았지만 고도의 심리적인 방식으로 나를 괴롭혔다.

우리는 비효율적으로 장시간 서로 마주 앉아 있었고, 너무 오랜 시간 함께한 나머지 헤어지지 못하는 연인처럼 서로의 에너지를 빨아먹고 있었다.

나는 어깨가 뻣뻣해지며 몸이 무거워지는 걸 느꼈다. 창문을 열었다 닫았다 했더니 감기에 걸린 모양이었다.

그날 밤 나는 약을 먹고 일찍 잠자리에 들었다. 새벽에 누가 들어오는 소리에 잠에서 깼다. 이 집에 있는 모든 것이 멋대로 여기저기를 들쑤시고 다니게 된 이래 나는 이런 일들에 익숙해져 있었다. 그래서 뭔가가 내 옆에 앉았지만 놀라지 않았다. 커피포트나 스테이플러겠거니 생각했다. 이상할 건 아무것도 없었다.

나는 이불을 바짝 끌어당겼다. 그리고 어둠의 터널을 통과하는 열차에 탄 것처럼 길고도 머나먼 꿈속으로 곯아떨어졌다.

자살 시도

아침에 일어나니 주인집에서 밀린 관리비를 보내달라는 문자가 와 있었다. 모든 날을 무월 무일로 하다 보니 관리비 내는 날을 깜빡 잊은 것이다. 무생물이 죽음을 의미하는 건 아니므로 나는 임차인의 의무를 다해야 했다.

관리비를 보낸 뒤 답장을 하자 주인집에서 전화를 걸어왔다. 그가 혹시 최근에 이 건물에서 노숙자를 본 적 있는지 물었다.

"없는데요."

내가 말했다.

"세입자 중 한 명이 노숙자가 드나드는 것 같다고 해서요. 혹시 보게 되면 꼭 말해주세요."

나는 알겠다고 하고 전화를 끊었다. 왠지 모르게 주인 집에서 나를 떠보는 듯한 기분이 들었다.

나는 엉금엉금 기어서 침대를 빠져나왔다. 누가 등짝에 풀이라도 발라놓은 것 같았지만 막상 일어나 달달한 커피를 마시고 나니 한결 나아졌다.

간밤에 누군가 내 방에 들어왔던 게 떠올랐다.

"혹시 누가 왔었어?"

나는 침대에게 물었다.

침대는 모르겠다고 시치미를 뗐다.

그러나 그날 이후에도 잠결에 누군가 내 옆에 앉아 있는 느낌을 여러 차례 받았다. 한 번은 눈을 떠서 주위를 둘러봤는데 아무것도 보이지 않았다. 매트리스를 들춰 봐도 어떠한 징조나 침입의 흔적도 보이지 않았다.

나는 인터넷으로 새 모이를 주문했다. 호박씨와 로즈힙, 구운 밀, 말린 완두콩 등 여러 곡물이 배합된 영양식이었다. 색깔이 무지개처럼 알록달록했다. 나는 그 야생의 다람쥐새가 날아오길 기다려 모이를 난간에 뿌려주었다.

새는 냄새만 맡고 먹지 않았다. 입에 맞지 않는 모양이었다. 지난번처럼 냉장고에서 용기 한 줌을 꺼내주자 그제야 맛있게 잘 먹었다. 바로 그때 믿기 힘든 일이 벌어졌다. 어디선가 피둥피둥 살찐 비둘기가 날아와 그 작은 새를 쫓아버린 것이다. 새는 혼비백산해 달아났다. 나도 비명을 지르며 창문을 닫았다.

그 보랏빛을 띤 육덕진 새는 모이를 몽땅 먹어치웠다. 그러고도 두 발로 난간을 꽉 움켜쥔 채 자리를 떠나지 않았다.

나는 비둘기가 그렇게 포악한 새인지 처음 알았다. 얼마나 먹성이 좋은지 먹을 게 더 있기만 하다면 당장이라도 머리로 유리창을 깨고 들어올 기세였다. 나는 두려움을 느끼고 커튼을 쳐버렸다.

나는 새 모이를 쓰레기통에 버렸다.

다음 날 아침 비둘기는 보이지 않았다. 나는 그 평화를 상징하는 새가 내가 가진 용기에는 입도 대지 않은 걸 발견했다. 용기는 새벽이슬을 맞아 죽처럼 눅눅해져 있었다.

하루 종일 작고 점잖은 새는 나타나지 않았다.

저녁에 나폴레옹이 긴급뉴스라며 호들갑을 떨었다.

"303호가 자살 시도를 했어. 창밖으로 뛰어내린 걸 109호 고양이가 봤나봐. 고독의 물살이 세다곤 생각했지만 자살이라니 인간은 정말 한심하군."

3부

쥐발구개개비

쥐발귀개개비

303호는 크게 다치지 않았다. 얼굴과 팔뚝에 가벼운 찰과상을 입었을 뿐이다. 지나가던 남자가 달려가 그를 부축해 일으켰지만 그는 혼자 갈 수 있다며 기어코 혼자 건물 안으로 들어갔다.

나는 그가 떨어진 시간이 언제였냐고 나폴레옹에게 물었다. 나폴레옹이 어제 낮 2시경이라고 했지만 비둘기가 습격한 시간과 일치하는지 알 수가 없었다. 그러나 두 가지 사건이 같은 날 일어났다는 점, 사람이 대낮에 몸을 던지는 게 자주 일어나는 일은 아니라는 점에서 303호와 그 아생의 새 간에 뭔가가 있을 거라는 생각이 들었다.

아줌마는 내 말에 일리가 있다고 말하면서 그 새가 평범한 새는 아니었다고 덧붙였다.

그녀는 하늘색 블라우스를 입고 있었다. 나는 그녀에게 앞으로 이 집에 오기 위해선 그 옷을 입어야만 한다고 말했다. 그녀는 이유를 묻지 않고 조용히 화장실에 가서 유니폼으로 갈아입었다.

그녀는 그 새가 쥐발귀개개비라고 알려주었다. 세 번이나 되묻고 나서야 그 여섯 음절을 발음할 수 있었다. 어지간히 희한한 이름이었다.

"같이 다니는 친구 중에 조류학자가 있거든. 내가 다람쥐처럼 생겼다고 했더니 쥐발귀개개비라고 알려줬어. 그 사람이 갖고 다니는 도감을 봤는데 정말로 그 새였어."

나는 휴대폰으로 쥐발귀개개비를 검색해보았다. 정말이었다. 주로 풀숲에 숨어 사는 희귀종으로, 철새라고 했다.

"아마 안 보이는 건 남쪽으로 이동 중이라 그런 게 아닐까?"

아줌마는 새가 나타나지 않아 내가 죄책감을 느끼는 걸 알고 있었다.

그녀는 303호에 가봐야겠다고 했다. 딸 집을 자꾸 헷갈리는 중년 여자 연기가 제법 할 만한 모양이었다.

"그 새가 어떻게 되었는지도 확인해볼 겸 말이야."

나는 말리지 않았다.

아줌마는 생각보다 일찍 돌아왔다.

"없어."

그녀가 약간 상기된 얼굴로 말했다.

"이불만 펴져 있고 사람은 없어. 그런데 거기 그 새가 있었어. 쥐발귀개개비 말이야. 이불에 앉아 있었어."

기분 탓인지 몰라도 그녀의 목소리가 점점 고조되는 것처럼 느껴졌다.

"내 생각은 이래. 그 새는 303호가 키우는 새일 수도 있고 그게 아니면, 이게 더 유력해 보이지만……."

그녀가 뜸을 들였다.

"303호가 그 새라는 거야."

순간 나는 잘못 들었나 싶어 귀를 의심했다.

"그 새가 사람이라구요?"

내가 웃음을 참으며 말했다.

아줌마가 정색하며 나를 똑바로 쳐다보았다.

"그게 어때서? 넌 변기하고 말도 하잖아."

커피 찌꺼기

아줌마는 내가 무생물인 걸 알고 있었다. 나폴레옹이 말해주었다고 했다. 그녀가 303호로 모험을 떠나기 전 샤워하러 들어갔을 때 일이다.

나폴레옹의 이야기를 되찾아준 사람은 그녀였다. 그녀는 오랜 시간 갈고 닦은 베테랑다운 실력으로 나폴레옹의 검정 해협으로 통하는 길목에 이야기 하나가 박혀 있는 걸 발견했다. 그녀는 찬장에 있던 수산화나트륨 용액을 풀어서 목구멍에 든 가시를 빼내듯 그것을 뚫었다. 5분도 안 돼 끝이 났다.

"그런데도 내가 303호에 간 건 다른 이유 때문이야."

그녀는 나폴레옹의 쪽지를 보았다고 했다. '나는 누구

인가?'라는 문장을 본 순간 이것이 일반적인 이야기가 아니라는 걸 직감했다. 그것은 그녀가 가방에서 나온 뒤 매일같이 하는 생각이었다. 가방을 찾아다니는 것도 어떻게 보면 그 질문에 대한 답을 구하기 위해서였다. 나에게는 비밀로 하고 그녀는 303호로 올라갔다.

그다음은 나에게 들려준 이야기대로였다. 가구라곤 하나 없는 텅 빈 집에서 다람쥐처럼 생긴 새에게 코를 물렸고, 잘생겼지만 무감각한 젊은 남자와 마주쳤으며, 그에게 집을 잘못 찾아왔다고 거짓말을 했다.

이 사건은 그녀에게 깊은 인상을 남겼다. 꼭 새에게 코를 물렸기 때문만은 아니었다.

그녀는 자기 말이 사실인지 확인하려고 303호가 우리 집을 찾아온 거라고 믿고 있었다.

"그런데 왜 새가 되었을까?"

그녀가 물었다.

나는 대꾸하지 않았다. 나는 그녀의 말이 터무니없다고 생각했다.

쥐발귀개개비는 그날 이후 모습을 드러내지 않았다. 비둘기의 습격을 받고 나서 지울 수 없는 마음의 상처를 입은 게 틀림없었다.

아줌마는 가기 전 나폴레옹과도 정다운 인사를 나누었다. 나폴레옹은 문까지 활짝 열어젖히고, 내게는 보여준 적 없던 열광적인 미소를 보여주었다.

그녀는 모두의 친구였다.

나도 그녀가 싫지는 않았다. 아줌마는 내가 무생물임에도 나와 얘기를 나누는 유일한 사람이었다. 그녀의 몸에서 나는 우유 썩은 냄새도 우리의 만남을 가로막지 못할 것이다. 그러한 악취야말로 우리를 이어주는 향기가 아닌가 생각할 정도였다.

우리의 나이 차는 못 해도 서른 살 이상 날 것이다. 그러나 그녀는 내가 만난 그 어떤 또래 친구보다 유머 감각이 뛰어났다.

그녀가 하늘색 블라우스를 벗으려고 하자 나는 올 때와 마찬가지로 갈 때도 그 옷을 입어야 한다고 말했다. 옷들은 행복해했다. 이 집에서 나갈 수만 있다면 뭐든 할 기세였다. 그들은 주인집을 포함해 세상의 편견으로부터 최선을 다해 그녀를 보호하기로 나와 약속했다.

나는 언제나처럼 창가에 서서 아줌마를 배웅했다. 하늘색 옷을 입은 그녀는 더 이상 어둠이나 커피 찌꺼기처럼 보이지 않았다. 중후하고 품위 있는 정상적인 고등생물처럼 보였다.

크리스마스 전구

아줌마가 보이지 않는 걸 확인한 뒤에야 나는 소파로 돌아와 앉았다. 아줌마가 앉았던 자리에 온기가 남아 있었다. 나는 온기가 좀 더 오래 가기를 바랐다. 그러나 내 세계의 온도에 맞추어 소파는 싸늘하게 식어버렸다.

나는 나폴레옹에게 배신감을 느꼈다. 303호가 무생물이 아닌 걸 알면서도 '안녕'이란 메시지를 보내고 내가 무생물인 걸 상의도 없이 떠벌렸기 때문이다. 그러나 그와 싸우는 건 무의미한 일이다. 내가 무생물이 된 이상 그들이 내게 뭔가를 의논한다는 건 상상하기 어려운 일이다.

나폴레옹뿐만이 아니다. 아줌마는 다른 물건들과도 이미 잘 알고 있었다. 그들은 아줌마 앞에서 무생물인 척하면서 나 몰래 그녀와 친분을 쌓았다. 내가 커피를 끓이는 동안.

따돌림을 당하는 것도 짜증 나지만 내가 이 집에서 유일한 무생물이라는 게 더 화가 났다. 예전에 내 일터에서도 그랬다. 나는 동료들보다 복사기와 더 친했다. 하지만 복사기는 바빴다. 그 회사에서 가장 바빴다. 그는 밤낮으로 격무에 시달리고 있었다. 줄이 밀려 있을 때면 나는 복사기 옆에 서 있는 커다란 벵갈고무나무를 쳐다보았다. 그는 그 끔찍한 괴성과 수술실처럼 번뜩이는 빛과 휴짓조각이 되어버린 동족들의 죽음과 무관심을 견디고 있었다. 그 화분을 보면 시작만 있을 뿐 끝은 없는 영원 같은 죽음이 떠올랐다.

나는 쥐발귀개개비가 보고 싶었다. 그 새가 아직 남쪽으로 떠나지 않았다는 걸 알았으므로 나는 창문을 열어놓고 기다렸다. 하지만 새는 오지 않았다.

그날 밤 꿈속에서 그 새를 보았다. 어두컴컴한 새벽, 갑자기 창문이 스르르 열리더니 낯익은 갈색 새 한 마리가 들어왔다. 새의 꽁지에는 크리스마스 전구처럼 빨갛고 부드러운 불빛이 달려 있었다. 마치 반딧불이처럼, 꼬마 UFO처럼 새는 어둠 속을 핑그르르 날았다. 날개를 파닥거렸는데 무동력 비행기처럼 바람을 거의 일으키지 않았다.

새는 높은음자리표를 그리며 빙글빙글 날았다. 노래부르기를 끝내고 착지한 곳은 침대였다. 내 왼쪽 가장자리에 두 날개를 꽉 붙이고 앉았다. 그 순간 새가 사라지고 한 남자가 보였다. 젊은 남자였다. 흰 반소매 티셔츠에 맨발이었다. 그가 두 팔을 무기력하게 떨어뜨린 채 침대로 변한 나를 내려다보고 있었다.

나는 침대의 눈으로 그를 바라보았다. 아름다운 얼굴이었다. 길고 탐스러운 속눈썹 안에 처음 보는 행성이 들어 있었다. 시인의 행성이었다.

나는 넋을 잃고 그를 바라보았다.

그는 밤새 침대에 앉아 있었다. 동이 트자 꿈결처럼 사라졌다.

나는 일어나자마자 내가 본 게 꿈인지 현실인지 침대에게 물었다.

"꿈도, 현실도 아니야."

침대가 말했다.

"그는 매일 밤 찾아와 너를 지켜봤어. 네가 아팠던 날

처음 왔었지.

그의 두 눈은 어둠 속에서도 밝게 빛이 났어. 플라스틱 별보다 더. 그건 사랑에 빠진 눈이었어."

나는 간밤에 나타난 남자를 떠올렸다. 이상할 정도로 선명했다. 그것은 꿈도, 현실도 아니었다. 나는 그것을 정확하게 뭐라고 표현할 수가 없다.

침대는 몹시 침울해 보였다. 침대는 그가 다쳤다는 걸 알고 있었다. 그가 일주일째 소식이 없자 급기야 그 감상적인 생물의 마음은 병이 들어버렸다. 나는 엉덩이 아래로 시트가 조금씩 축축해지는 걸 느꼈다.

"그가 두 번 다시 안 오면 어떡하지?"

침대가 기어코 참았던 울음을 터뜨렸다.

외로움과 외로움

나는 침대를 달래주었다. 그런데도 쉽게 울음을 그치지 않았으므로 아랫집에 사는 고양이가 현장을 목격했으며 그가 약간 긁힌 것 빼곤 크게 다치지 않았다고 말해주었다.

"그는 곧 돌아올 거야."

침대는 내 말을 믿지 않았지만 시간이 지나자 믿는 것 말고는 방법이 없다는 걸 납득하게 되었다.

나는 냉장고를 열었다. 이제 용기는 거의 남아 있지 않았다. 나는 새가 돌아오지 않는 이유를 용기를 너무 조금 줘서라고 생각했다. 내가 넉넉한 용기를 가졌더라면, 그가 숨어버리는 일은 없었을 것이다.

나는 마지막 남은 용기를 탈탈 털어서 난간 위에 올려놓았다. 창문도 활짝 열어놓았다.

어둠이 깔리기 시작할 즈음 거실로 나왔다. 용기는 보이지 않았다.

303호가 나를 사랑할지도 모른다는 생각이 들었다.

'그가 어째서 나를?'

나는 그가 누군지 모른다. 한 건물에 살면서 한번도 마주친 적도 없다. 그러나 밤이 되면 누군가 내 곁에 앉아 나를 보살펴주는 느낌을 받았다. 그 느낌만은 진실이었다.

어릴 때 빼고는 그런 느낌을 받은 적이 거의 없다. 어른이 된다는 건 주체적이고 자립적인 인간 말고도 혼자가 되는 걸 의미한다. 외로움을 견딜 줄 알아야 어른이다. 그건 애인을 만들어도 해결되지 않는다.

연애는 사람과 사람이 사랑을 하는 게 아니라 외로움과 외로움이 사랑하는 것이므로 최종적으로는 더 큰 외로움이 될 뿐이다.

무생물이 된 뒤 나는 고독을 잊고 지냈다. 그러나 꿈속에서 그를 본 순간 그의 품에 안기고 싶다는 마음이 들었다. 외로움의 유령이 또다시 내 마음속을 어슬렁거리기 시작한 것이다.

쥐발귀개개비는 예기치 못한 순간, 지난번 꿈속에서처럼 방 안에 찾아왔다. 밤하늘의 별을 꽁지에 매단 채 날아온 그는 익숙하게, 그러나 전보다 세심하고 조심스러운 동작으로 내 옆에 착지했다.

나는 일부러 잠들지 않고 깨어 있었다. 나는 천천히 눈을 떴다.

그와 나의 눈이 마주쳤다. 그가 달아나려고 했지만 그 전에 내가 그의 팔을 꽉 붙잡았다. 차갑고 단단한 팔뚝이 내 손에 붙잡힌 순간 바나나처럼 말랑말랑해졌다.

그는 겁에 질려 있었고 그건 나도 마찬가지였다. 나는 뭐라고 말을 해야 할지 몰랐다. 달빛이 그의 얼굴을 부드럽게 비추었다. 그의 오른쪽 눈 옆이 찢어져 있었다. 추락하면서 생긴 상처였다. 제대로 소독을 하지 않아 틈새가 벌어져 있었다.

내가 손을 뻗어 만지자 그가 얌전히 있었다.

"많이 아파?"

내가 말했다.

"아니."

그는 떨고 있었다.

그의 목소리는 바다 밑바닥에 가라앉은 고대의 나팔 소리처럼 나즈막하고도 신비롭게 들렸다.

"쥐발귀개개비."

내가 중얼거렸다.

그가 웃었다.

"맞아. 그게 나야."

내가 그를 끌어당기자 그가 이불 속으로 스르르 미끄러져 들어왔다.

"너무 늦었어. 오늘은 이만 자자. 넌 휴식이 필요해."

내가 그의 귀에 속삭였다.

그는 대꾸하지 않았다.

그가 떨고 있어서 내가 그를 안아주었다. 그의 몸은 드라이아이스처럼 차갑고 뜨거웠다. 또 그의 몸에서는 열대의 흙냄새가 났다. 차디찬 이 도시에서 한 번도 맡아본 적 없는 냄새였다.

그가 나를 만나기 위해 아주 먼 곳에서부터 장시간 비행을 했을지도 모른다는 생각이 들었다.

그날 밤 나는 아무런 꿈도 꾸지 않았다.

사랑을 위한 용기

아침에 일어나니 그가 보이지 않았다. 내가 벌떡 일어나자 침대가 조그만 목소리로 말했다.

"놀라지 마. 거실에 있어."

그는 소파에 앉아 있었다. 밝은 데서 보니 그는 더욱 잘생겼다. 이제 막 스무 살을 넘겼을까.

쥐발귀개개비가 가을 낙엽처럼 메마르고 건조한 색이라면 그는 투명하고 훼손되기 쉬운 얼굴을 하고 있었다.

그가 인기척을 느끼고 몸을 돌렸다.

"잘 잤어?"

그가 어쩔 줄 몰라 하며 말했다.

내가 고개를 끄덕였다.

나는 그에게 커피를 끓여주었다. 그는 커피에 입도 대지 않았다.

"이상하다. 모르는 사람과 같이 있는 게."

내가 말했다.

"언제부터 날 알았어?"

"네가 전봇대 아래 서 있을 때부터."

그가 우물쭈물했다.

"그전엔 네가 여기 사는지도 몰랐어. 그러다 너를 봤고, 호기심이 생겼고, 네 책을 샀고, 네 책을 읽었어. 그리고 널 사랑하게 됐어. 이상하게 들릴지 몰라도."

그의 말은 확실히 이상했다. 내 자존감을 살려주었기 때문이다.

"난 널 본 적이 없어. 쥐발귀개개비조차도."

내가 여섯 음절을 틀리지 않게 주의를 기울이며 말했다.

"내가 집 아니면 공중에만 있었으니까 그럴 거야."

그가 대답했다.

"난 널 항상 지켜봤어. 그리고 네가 무생물이라는 것도 알게 됐지."

나는 별로 놀라지 않았다. 새로 변하는 능력에 비하면 무생물이 되는 건 평범하다 못해 흔해 빠진 일처럼 느껴졌기 때문이다.

"우리 집에 온 그 아줌마. 가방에서 나온 사람 맞지? 그날 밤 나도 너랑 같이 봤어. 그게 하나의 사인처럼 느껴졌어. 언제까지 숨어 있을 수는 없다고 생각했지. 그래서 네 창을 두드린 거야. 로미오처럼."

"로미오는 안으로 들어왔지만 넌 들어오지 않았어."

내가 지적했다.

그의 귀가 빨개졌다.

"용기가 나질 않았어."

그가 인정했다.

"네가 용기를 나누어주지 않았다면 난 언제까지고 밖에서 내 안의 두려움을 증오했을 거야.

난 겁쟁이야. 이날 이때껏 여자를 만나본 적 없어. 어떻게 사랑을 하는지도 몰라."

그가 완벽하게 사랑을 이해한 얼굴로 말했다.

"네가 나 때문에 감기에 걸렸다는 걸 알았을 때, 걱정이 돼서 참을 수가 없었어. 그래서 용기 내 너희 집에 들어왔던 거야.

다행히 창문이 문을 열어주었고, 다른 물건들도 나를 내쫓지 않았어. 그들은 이미 내가 너를 사랑하는 걸 알고 있었거든.

넌 곤히 잠들어 있었어. 쥐발귀개개비가 되는 것도 확실히 특별한 재주이지만 사랑하는 사람 곁에 있는 것보다 더 큰 신비는 없을 거야.

그래서 매일 밤 날아가는 게 버릇이 되어버렸어. 놀라게 했다면 미안해."

그는 가여운 새의 얼굴로 떨고 있었다.

나는 그의 손을 잡아주었다. 손이 얼음장처럼 차가웠다. 그는 여전히 맨발에 반소매 티셔츠 차림이었다. 이유는 몰라도 쥐발귀개개비가 되기 위해서는 그런 차림이어야 하는 것 같았다.

나는 담요를 꺼내 덮어주었다.

"지금은 기분이 어때?"

내가 물었다.

"아직도 두려워?"

"아니."

그가 말했다.

"전혀. 그 반대야. 계속 네 곁에 있고 싶어. 하지만 나에 대해 말하면 말할수록 네가 날 싫어하게 될까 봐 두려워. 거짓말은 하고 싶지 않거든.

내게는 지금 이 순간이 마치 꿈처럼 느껴져."

나는 그의 눈 옆에 난 상처 말고도 다른 상처도 발견

했다.

"네가 떨어졌다는 말을 듣고 너무 놀랐어. 다친 건 괜찮아?"

"많이 좋아졌어."

그가 어린아이처럼 웃었다. 아까보다는 긴장이 풀린 것 같았다.

"언제부터 새가 된 거야?"

"아주 어릴 때부터. 대여섯 살 즈음? 유치원에 다녔는데, 소심해서 친구들이랑 어울리지 못했어. 그럴 때면 늘 구석에 숨어버렸는데, 어느 순간 내가 날 수 있다는 걸 알게 됐어.

다람쥐반이라 다람쥐처럼 생겼으면 좋겠다고 생각했는데, 정말 그렇게 된 거야. 그 새가 쥐발귀개개비란 건 훨씬 나중에 크고 난 뒤에 알았어.

그 뒤로 툭하면 새가 되어 도망쳤지. 학교에 지각했을 때도, 친구들이 괴롭힐 때도, 부모님이 돌아가셨을 때도.

난 할머니 밑에서 자랐어. 작년에 돌아가셨지만. 가족이 없어지고 나니 세상이 무서워서 견딜 수 없었어. 그래서 이 집으로 이사 오게 된 거야.

가구들은 다 버리거나 누굴 줘버렸어. 너한테 관심이 갔던 것도 어떤 면에선 나도 너와 똑같은 무생물일지도 모른다고 생각했기 때문이야.

　난 너무 놀라면 사람이 되어버려. 나무에서 떨어진 적도 많아. 그나마 여긴 2층이라 크게 다치진 않았어. 그 비둘기는 좀 끔찍했지만."

　나는 잠시 기다리라고 한 뒤 구급상자에서 연고를 꺼내 발라주었다. 내가 연고를 바르는 동안에도 그는 내게서 눈을 떼지 않았다. 그의 눈은 내 눈보다 백 배는 예뻤다.

　"넌 나보다 훨씬 어려 보여."

　내가 말했다.

　그가 언짢은 표정을 지었다.

　"그럴지도 모르지. 하지만 네가 본 것보다 내가 본 게 훨씬 더 많을걸."

　나는 웃음을 꾹 참았다.

　"그렇겠지. 난 하늘을 날아본 적이 없으니까. 비행기는 타 봤지만 엄밀히 말하면 새 뱃속에 갇혀 있는 거나 다름이 없지. 나도 하늘을 날아보고 싶어. 네가 본 것들이 뭔지 알고 싶어."

　"말해줄게, 전부. 너만 시간이 된다면."

　"밤을 새워서라도 들어줄게."

　내가 말했다.

"난 시간이 많아. 너도 알겠지만."

"내가 있는 게 싫지 않아?"

"아니, 전혀."

내가 말했다.

"솔직히 말하면 하늘을 나는 기분이야."

우리들의 서사

나는 그를 정신없이 사랑하게 되었다. 이렇게 단시간에 누군가에게 깊이 빠진 적은 처음이었다.

그는 안 가본 곳이 없었다. 그의 날개는 작긴해도 적절한 휴식만 취해주면 수천 킬로미터도 문제없이 날 수 있었다. 그래서 그는 북극이나 러시아 같은 추운 지역 빼고는 전 세계 곳곳을 돌아다녔다. 그의 몸에서 나는 열대의 냄새는 그의 기념품이었다.

그는 호텔에 자는 대신 산에서 잠을 잤고 바다를 보며 기지개를 켰다. 공중에서 보면 도시는 햇빛에 바짝 마른 갯바위처럼 보인다고 했다.

그는 새가 되면 갑자기 모든 게 돋보기를 쓴 것처럼 커져서 전에는 보이지 않던 것도 잘 볼 수 있다고 했다. 그런 이유로 잃어버린 양말 한 짝을 찾을 때도 부득이하게 새가 된다고 했다.

그는 스물네 살이고 취미로 그림을 그렸다. 주로 쥐발귀개개비가 되어 공중에서 내려다본 것들을 그렸다. 내가 궁금해하자 그가 집에 가서 노트북을 가지고 왔다.

그는 재능 있는 화가였다. 그의 그림을 보다 보면 어디서도 들어본 적 없는 쓸쓸한 이야기들이 떠올랐다.

그중에는 나를 그린 그림도 있었다. 내가 우리 집 물건들에게 쫓겨나 전봇대 아래 서 있는 그림이었다. 나는 눈살을 찌푸렸다. 그때의 수치스러웠던 기억이 떠올랐기 때문이다.

나는 이때가 내가 무생물이 된 지 얼마 안 된 시점이며, 내가 누군가에게 필요로 하는 존재인지 아닌지 알아보기 위해 바깥에 버려졌지만 아무도 나를 거들떠보지 않았다고 말했다.

"난 그 이유를 알아. 사람들은 진짜 중요한 걸 볼 줄 모르거든. 네가 조금만 더 서 있었으면 내가 널 주워갔을 텐데."

그의 말은 나를 기쁘게 해주었다. 우리는 침대에 쿠션을 놓고 나란히 앉았다.

"너는 왜 무생물이 된 거야?"

"나도 모르겠어. 자고 일어나니 그렇게 됐어. 그레고르 잠자가 벌레가 된 것처럼. 난 가족이랑 같이 살진 않지만 보다시피 대가족이 생겼지."

"그럼 가족들은 알아?"

"아무도 몰라. 다들 멀리 살거든."

"그렇구나. 무생물이 되면 어떻게 되는 건데? 겉으로 보면 전혀 이상한 걸 모르겠어."

"내 힘으로 이 집에서 나가지 못해."

"그리고?"

"잊혀지게 돼."

그가 잠시 침묵했다. 무슨 말을 하면 좋을지 찾고 있는 것 같았다.

"네가 무생물이면 난 무생물을 사랑하는 거네. 내가 널 잊지 않으면 다시 생물이 될 수 있지 않을까?"

그 말은 나를 좀 슬프게 했다. 벌써부터 그가 나를 잊어버릴 것처럼 느껴졌기 때문이다.

"그런 생각은 안 해봤어. 누군가 날 사랑할 줄은 몰랐거든. 넌 내가 생물이 되었으면 좋겠어?"

내가 물었다.

"네가 생물이든 아니든 상관없어. 내가 널 좋아하는

건 그냥 너이기 때문이야.

　그러는 넌, 이름도 이상한 쥐발귀개개비로 변신하는 남자를 사랑할 수 있어?"

　그가 너무 진지해서 웃음이 나왔다.

　"우리는 세상에서 제일 괴상한 커플일 거야."

　내가 그의 목에 매달렸다.

나의 아줌마 이야기

우리는 밤새 서로에 대해 이야기를 나누었다. 내 침대도 정답게 우리의 대화를 엿들었다. 무생물이 된 이래 나 자신이 이토록 쓸모 있게 느껴진 적이 없었다.

"그런데 그 아줌마는 왜 여기 오는 거야?"
그가 생각났다는 듯 물었다.
"누구?"
"가방에서 나온 아줌마."
"아아, 사연이 길어."
내가 입을 가리고 웃었다.
"아줌마는 가방을 찾으러 다니고 있어. 자길 담아 이

거리에 태어나게 만든 가방 말이야.

난 아줌마가 거기서 나오던 날, 그녀보다 먼저 그 가방을 봤어. 저 전봇대 아래에서.

엄청나게 튀는 분홍색이고 바퀴가 고장 나서 아무도 가져가지 않을 것 같은 가방을 어떤 남자가 안고 갔고, 밤에 아줌마를 담아서 다시 그 자리에 갖다놨어."

"그것참 고약한 이야기네."

그가 눈살을 찌푸리며 말했다.

"그 남자가 누군지 알아?"

그가 물었다.

"아니, 하지만 짐작 가는 사람이 있긴 해. 내 생각엔 아줌마 아들이 아닐까 싶어. 아줌마는 아들이랑 단둘이 살거든. 하지만 그녀는 자기를 가방에 담은 사람이 자기 자신이라고 생각해.

가방을 찾기 전까진 집에 돌아가려고 하지도 않아. 아줌마 말을 들으면 아줌마 말고도 가방에서 나온 사람들이 아주 많은 모양이야. 그들 모두 가방을 애타게 찾으며 무리 지어 다니고 있어."

"가방은 왜 찾는 거야?"

그가 물었다.

"그건 나도 몰라. 아마도 그 가방을 찾으면 왜 거기서부터 인생을 다시 시작해야 했는지 알게 될 거라고 생각하는 것 같아.

마치 네가 너 자신에 대해 '나는 누구인가?'라고 물어왔던 것처럼."

그가 감상적인 두 눈을 크게 떴다.

"그걸 어떻게 알았어?"

"우리 집 변기가 사람들의 이야기를 수집하는 취미가 있거든. 너에게서 유일하게 온 이야기가 '나는 누구인가?'였고 그래서 아줌마가 너의 집에 올라간 거야. 네가 뭔가 알고 있을 거라고 생각했는지도 모르고, 아님 단순히 네가 누군지 궁금했던 거겠지.

아줌마는 네가 쥐발귀개개비일 거라고도 말해줬어. 난 아줌마 말을 믿지 않았어. 사람이 새가 된다니 말도 안 된다고 생각했지."

우리 둘은 서로 마주 보고 웃었다.

"네가 오지 않으면 어쩌나 걱정했어. 네가 남쪽 나라로 가버렸다고 생각했거든. 쥐발귀개개비가 철새란 걸 인터넷에서 읽었어."

"난 아무 데도 가지 않아."

그가 말했다.

"예전이었다면 훌쩍 떠나버렸을지도 모르지. 하지만 지금은 아니야."

"아줌마가 우리 둘이 같이 있는 걸 알면 얼마나 놀랄까?"

"이미 알고 있을지도 몰라."

그가 내 머리를 부드럽게 쓰다듬었다. 그의 손바닥은 나를 어린아이로 만들어버릴 만큼 힘이 있고 큼직했다. 기분 탓인지 몰라도 처음보다 점점 그가 강해지는 걸 느꼈다.

"길 위에서 먹고 자는 건 보통 사람들이 할 수 없는 일이거든. 아줌마가 스스로 들어갔다고 말한 건 아예 틀린 말은 아닐 거야. 그녀는 보통 사람들이랑 달라. 난 아줌마가 마음에 들어. 그녀가 아니었다면 지금 이렇게 너와 함께 있지 못했을 거야."

나도 인정했다.

나는 그녀 덕분에 내 책이 가방에서 나온 사람들에게 인기라고 이야기해주었다. 그전까지 마흔 권도 안 팔린 건 말하지 않았다.

그는 진지하게 들었다. 그는 죽순처럼 바닥에 튀어나온 내 책들을 보았다.

"나는 우리 세 사람에게 뭔가가 있다는 생각이 자꾸 들어."

내 말이 끝나자 그가 말했다.

"아줌마가 가방에서 나오던 그 달밤에 이미 우리의 인연은 시작되었던 거야. 마치 달이 바닷물을 끌어당겨 조수간만이 만들어지는 것처럼, 결핍이 우리 세 사람을 한자리로 끌어당겼는지도 몰라.

나는 운 좋게 내가 원하는 걸 벌써 찾아냈지만."

그의 목소리는 설탕을 바른 듯 달콤했다.

단서

　나는 그에게 다람쥐 눈처럼 새까만 세계를 찾고 있다
고 말하지 않았다. 그는 내가 단순히 무생물이라는 특수
한 상황에 놓여 있다고 생각했지만, 다람쥐 눈처럼 새까
만 세계로 가지 않는다면 지금의 이 사랑 역시 무지개 너
머로 사라져버릴지도 모른다.

　나는 그 세계가 아줌마의 가방과 연관이 있을 거라고
생각했다. 그것은 늘 생각의 언저리에 머물렀다. 그의 말
이 맞다면 그러한 생각은 부화할 때가 되었다. 나는 내가
놓치고 있는 것들에 대하여 두려움을 느꼈다.
　나는 그에게 아줌마가 나온 가방을 본 적 있는지 물었

다. 아무래도 높은 데서 보면 더 많은 걸 볼 수 있지 않을까 생각했기 때문이다.

"그 분홍색 가방 말이지? 못 봤어. 아줌마가 나오던 그때 빼고는 본 적이 없어."

나는 실망했다.

"근데 다른 가방들은 본 적이 있어."

갑자기 그가 말했다.

"가방 얘길 하고 보니 이제 생각나네."

"어디서?"

내가 물었다.

"음, 잠깐만. 아마 내가 어딘가 그려놨을 거야."

그가 자신의 노트북에 있는 수백 장의 그림들을 뒤졌다. 시간이 조금 걸렸다.

"여기 있네."

그가 말했다.

정말이었다. 높은 빌딩 옥상에 사람 한 명은 들어갈 만한 크기의 커다란 캐리어들이 가지런히 줄지어 있었다.

"저런 고층빌딩 옥상에 왜 저렇게 가방이 많은지 신기해서 그려놨거든."

"여기가 어딘지 기억해?"

"아니. 너무 순식간에 지나가서 기억이 잘 안 나. 하지만 이 근방이었을 거야. 최근엔 멀리 나간 적이 없거든. 한 바퀴만 돌면 금방 찾을 수 있을 거야."

그가 그동안 한숨 자고 있으라고 말했다.

"네가 잠든 사이 빨리 다녀올게. 5분도 안 걸릴 거야."

그가 몸을 일으켜 세웠다.

그가 쥐발귀개개비로 변하는 모습은 놀라웠다. 그의 아름다운 육체가 금빛 가루가 되어 반짝거리며 떨어지더니 꽁지를 붙이고 바닥에 얌전히 앉아 있었다.

손바닥을 내밀자 그가 그 위에 올라앉았다. 조그만 꽃씨처럼 향기를 품은 두 눈이 나를 쳐다보았다. 목덜미를 갸웃거리더니 내가 처음 창문을 열었던 그날처럼 갑자기 푸드덕 날아올랐다.

체감온도

그는 자신의 집으로 돌아가지 않았다. 우리는 하루 종일 함께 있었다. 혼자가 아닌 둘이 되니 두려울 게 없었다.

물건들도 더 이상 나를 따돌리거나 무시하지 않았다. 나폴레옹은 그가 303호라는 걸 믿지 않았지만, 더 이상 고독의 물살이 나오지 않자 그제야 믿게 되었다.

그는 아침에 아줌마의 벨 소리를 듣고 나서야 쥐발귀 개개비가 되어 부랴부랴 자신의 집으로 돌아갔다.

아줌마는 얇은 블라우스 하나만 걸치고 오느라 덜덜 떨고 있었다.

하루가 다르게 기온이 뚝뚝 떨어지고 있었다. 창밖을

보니 사람들이 두꺼운 외투를 입고 있었다. 안에 든 솜뭉치 때문에 둥실둥실 날아오를 것 같았다. 그러나 그들은 생각보다 무거웠다.

내가 외투를 꺼내주자 그녀는 지금 이 옷도 들고 다니기 벅차다며 사양했다.

그녀는 내 얼굴에서 뭔가 좋은 일이 생긴 걸 알아차렸다. 그녀가 어서 털어놓으라고 했다.

"아줌마 말이 맞아요. 그 새는 303호였어요."

내가 고백했다.

"그가 새벽에 나를 보러 왔어요. 우린 사랑에 빠졌고 조금 전까지 여기 함께 있었어요."

아줌마는 놀라지 않았다. 커피 대신 유자차를 내왔어도 이보다는 놀란 반응이었을 것이다.

"설마 알고 있었어요?"

내가 침대와 냉장고에게 눈을 흘겼다. 그들이 동시에 억울하다는 표정을 지어 보였다.

아줌마가 고개를 저었다.

"아니. 그냥 그럴 거라고 예상했어. 누군가 매일 집으로 찾아온다는 건 그 사람이 보고 싶다는 증거니까. 더군다나 그 야생의 새가 세상을 등진 잘생긴 아웃사이더라면 사랑에 빠지는 건 시간문제 아닐까?"

그의 말이 맞았다. 그녀는 보통 사람이 아니었다. 그녀는 우리가 이어질 줄 알고 있었으면서도 일부러 모른 척한 것이다.

그녀는 우리의 만남을 진심으로 축하해주었다. 누군가의 축하를 받는다는 건 기분 좋은 일이었다. 이제 내가 그녀를 기쁘게 해줄 차례였다. 이 소식을 전하고 싶어 아까부터 좀이 쑤셨다.

"그래서 말인데, 할 말이 있어요."

"뭔데?"

"그가 가방이 무더기로 버려진 걸 봤다고 해요."

나는 얼른 그녀의 얼굴을 살폈다. 예상대로였다. 그녀는 갑자기 떨어진 기쁨과 환희에 깔려 짓눌리다시피 한 표정이었다.

"어디서?"

그녀가 물었다.

"여기요."

내가 약도를 건넸다.

"여기서 멀지 않은 곳이에요. 분홍색 여행 가방은 못 봤대요. 하지만 고층빌딩 옥상에 이렇게 많은 여행 가방이 있는 게 뭔가 이상해서요."

그녀가 떨리는 손으로 약도를 받아들었다. 한참 동안

들여다보았다. 잠시 후 그녀가 고개를 들었다.

"고마워. 이 약도가 동료들에게 큰 도움이 될 거야. 최소한 희망을 보겠지. 요새 다들 지쳐가고 있거든."

그녀가 말했다.

"추운 건 괜찮아. 황제펭귄처럼 등짝을 맞대고 있으면 적어도 얼어 죽지는 않겠지.

하지만 언젠가 돌아가야 한다는 것만은 잊어서는 안 되니까. 거리를 떠돌게 되었다고 해서 내가 있던 곳을 잊어버리면 안 되니까."

그녀가 마치 자기 자신에게 말하는 것처럼 중얼거렸다.

"오늘은 좀 빨리 가봐야겠어. 언제 한 번, 그 비행사 애인은 정식으로 소개시켜 줄 거지?"

"그럼요."

내가 말했다.

그와 동시에 우리 두 사람은 창밖을 바라보았다. 구름 말고는 아무것도 보이지 않았다. 그러나 그가 구름 뒤에 숨어 우리 두 사람을 지켜보고 있다는 느낌이 들었다.

그녀가 약도를 접어 재킷 주머니에 집어넣었다. 내가 다시 한번 외투를 가져가라고 했지만 그녀는 괜찮다고 말했다.

그녀는 주인집의 눈을 피하려고 내가 공인중개사 같

은 옷가지를 준 것을 이미 알고 있었다.

"만일 주인집에서 또 수상하게 여기면 나 대신 말해줘. 그 여자는 아직 이 정도 추위는 견딜 수 있는가 보다고."

쥐발귀개개비의 제안

나는 아줌마가 사라질 때까지 눈을 떼지 않았다. 그녀는 지하철역 화장실에서 그 커피 찌꺼기 색 같은 지저분한 옷으로 갈아입을 것이다. 그녀는 그 옷들을 들고 다녔다. 나는 그녀가 어디로 가는지, 어디에서 자는지 모른다. 그런 얘기는 한번도 나누어본 적이 없다.

그녀가 모퉁이를 돌기를 기다려 그가 방 안으로 들어왔다. 나는 그가 들어올 수 있게 창문을 조금 열어놓았다.
그는 집 안에 들어오자마자 눈 깜짝할 사이에 사람이 되었다. 그 모습은 봐도 봐도 놀라웠다. 그를 안으니 거대한 얼음 기둥을 안은 기분이 들었다.

우리는 소파에 나란히 앉았다. 나는 그의 말대로 아줌마가 우리 사이를 이미 다 눈치채고 있었다고 했다. 약도를 받고 몹시 기뻐했다는 것도 말해주었다.

"아줌마가 널 보고 싶어 해."

내가 말했다.

"다음엔 같이 있어 줄게. 그나저나 약도가 도움이 되어야 할 텐데."

그가 떨리는 목소리로 말했다. 추위 때문인지 걱정 때문인지 분간이 되지 않았다.

"아줌마는 동료들의 가방을 찾을 수 있다는 것만으로도 몹시 기뻐하셨어. 모두들 많이 지쳐 있다면서.

단 하나의 가방이라도 찾아낸다면, 다른 가방들도 줄줄이 찾아낼 수 있을 거야."

"그 가방들이 그들이 찾는 가방이 아니면 어떡하지?"

"또 찾아보면 돼."

내가 확신 없이 말했다.

"그 사람들을 만나본 적 있어?"

그가 물었다.

"아니. 나도 얘기만 들어봤을 뿐이야."

그가 고개를 끄덕였다. 그가 창밖에 긴 시선을 던졌다. 구름이 둥실둥실 떠갔다.

"날이 추워지면 가방 찾는 일이 더 어려워질 거야. 나도 겨울에는 잘 날지 못해. 추위를 버텨내기엔 내 심장이 너무 조그맣거든."

나는 조금 전 아줌마가 내 외투를 거절한 일이 떠올랐다. 확실히 그녀의 얼굴은 초반과 달리 갈수록 근심으로 가득했다. 길에서 동사하는 것보다도 추위가 그녀를, 아니 그들 모두를 포기하게 만들까 봐 두려운 것 같았다.

그녀는 아직 가방에 대한 아무런 단서도 찾지 못했다. 나는 그녀의 가방을 찾아주고 싶지만 어떻게 해야 할지 모르겠다고 말했다. 그것은 그녀를 만난 처음부터 지금까지 변함없이 했던 생각이었다.

"그들을 한번 만나보는 게 어때?"

그가 말했다.

"아줌마의 친구들이라면 보나마나 다들 굉장한 사람들일 거야. 너도 궁금하지 않아?"

"궁금하지."

내가 인정했다.

"그들도 너를 무척 만나고 싶어 할 거야. 내가 그랬던 것처럼. 모두 네 책을 아주 좋아하잖아."

나는 가방에서 나온 사람들을 이 집에 초대할 자신이

없다고 말했다. 누군가 아줌마를 노숙자로 알고 주인집
에 신고했으며, 더 이상 의심받지 않도록 그녀에게 하늘
색 블라우스를 준 일을 말해주었다.

"그럼 네가 나가면 되지."

그가 말했다.

"난 무생물이라 나갈 수 없어."

내가 말했다.

"내가 널 데리고 나가면 되지."

그가 말했다.

그 생각은 한번도 해본 적이 없었다. 그는 나보다 더
무생물에 대해 잘 알고 있었다. 그가 나를 데리고 나간다
면 나갈 수 있을 것이다. 무생물에겐 선택권이 없다. 그
런데도 이상하게 별로 기쁘지 않았다.

그가 내 속마음을 알아차렸는지 내 손을 잡았다.

"지금 당장 만나자는 게 아니야. 내 말은 그래야 할 순
간이 올 수도 있다는 거야. 일단은 아줌마가 올 때까지
기다려보자."

나는 대꾸하지 않았다.

결단

　일주일 넘게 아줌마는 오지 않았다. 이런 적은 처음이었다. 나는 그녀에게 무슨 일이 일어났는지도 모르겠다고 했다.

　"뭔가 이상해. 만약 가방을 찾았다면 그 사실을 알려 주러 왔을 거야. 왠지 기분 나쁜 예감이 들어."

　그가 불안한 듯 거실을 왔다 갔다 하더니 아줌마를 찾으러 다녀오겠다고 했다. 그는 약도 제공자로서 이 일에 막중한 책임을 느끼고 있었다.

　"아마 멀리 계시진 않을 거야. 무슨 일인지 얼른 보고 올게."

　그는 눈 깜짝할 새 쥐발귀개개비가 되어 포르르 날아

올랐다. 창문을 연 순간 찬바람이 훅 끼쳐 그가 균형을
잃고 비틀거렸다. 그러나 이내 중심을 잡고 허공을 날아
올라 구름 골짜기 너머로 사라져버렸다.

나는 그가 보이지 않는데도 창문을 연 채로 서 있었다.
옷을 잔뜩 껴입었는데도 추웠다. 거리 위로 매서운 강풍
이 불고 있었다. 바닥에 떨어진 쓰레기와 나뭇잎들이 한
데 엉켜 뒹굴었다. 길가를 오가는 사람들도 눈에 띄게 줄
어들었다. 추위가 우리를 잡아먹으러 쳐들어오는 굶주
린 괴물처럼 보였다.

그가 쥐발귀개개비라는 걸 몰랐을 때, 조약돌처럼 작
은 그 새의 생존은 남의 일처럼 느껴졌다. 그런데 그 새
가 나의 연인이라고 생각하자 그 작은 생명이 헤치고 나
아갈 자연의 광활함에 절로 몸서리가 쳐졌다. 동시에 인
간이 얼마나 허약한 존재인지 생각하게 되었다.

나는 그가 무사히 돌아오길 바라면서도 그를 향한 걷
잡을 수 없는 자부심이 가슴 밑바닥에서부터 차오르는
걸 느꼈다. 그는 자기 자신을 겁쟁이라고 하지만, 내 눈
에는 그보다 이 거친 세상을 불나방처럼 뛰어들며 비행
기보다 더 높이 나는 걸 두려워하지 않는 사람은 없다.

나는 그가 올 때까지 책상 앞에 앉아 글을 쓰기로 했

다. 노트북과 책들은 언제나처럼 대담 중이었다. 그들은 전처럼 나를 보고 책장을 닫아버리거나 숨지 않았다. 그가 온 뒤부터 관대해졌다.

그들은 나를 보고도 하던 이야기를 중단하지 않았다. 그 위대한 작가들의 논쟁은 사후에도 끝없이 이어지고 있었다. 생김새는 달라도 문학이란 과육 안에는 공통의 굵은 심지가 있었다. 그럼에도 불구하고 포기하지 말라는 것이었다.

내가 한창 그들의 목소리에 귀 기울이고 있을 때, 그가 도착했다. 나는 안도의 한숨을 쉬었다.

"내가 방해했어?"

"아니."

나는 미소 지었다.

그의 얼굴은 봐도 봐도 질리지가 않았다. 우아한 이목구비 속에 어떤 풍랑과 바람도 이겨낸 강인하고 거친 영혼의 얼굴이 담겨 있었다. 그 얼굴은 가까이서 보면 열대 과일처럼 싱그러웠다.

"아줌마는 찾았어?"

"응."

그가 두꺼운 후드티 안에 목을 집어넣으며 말했다.

그는 내 방에 자기 옷을 몇 벌 가져다 놓았다. 그의 소유물이라 그런지 그것들은 다행히 잘난 척하는 생물로 변하지는 않았다.

그가 내게로 다가왔다. 우리는 나란히 소파에 앉았다.

"아줌마랑 친구들 다 찾아냈어. 모두 무사해. 그런데 아무래도 무슨 일이 있는 것 같아. 분위기가 좀 심각해 보였거든."

"일이라니?"

"아마 그 빌딩이랑 관련이 있는 것 같아. 나도 자세히는 모르겠어. 가방들이 있던 빌딩에 가봤는데 없어졌어, 전부. 옥상이 깨끗했어. 하나도 안 보이더라고. 내가 마지막에 갔을 때만 해도 서른 개는 넘게 있었는데."

그가 미심쩍다는 말투로 말했다.

"아마 아줌마랑 연관이 있는 게 아닐까?"

그가 말했다.

"나도 그렇게 생각해."

내 말을 끝으로 우리 둘은 동시에 침묵했다.

나폴레옹의 해협에서 이야기가 들어오느라 뽀글뽀글 기포 올라오는 소리가 들려왔다.

"아줌마는 어디에 계셔?"

한참 뒤에 내가 물었다.

그가 희미하게 미소를 지었다.

"생각보다 멀지 않은 곳에 계셔."

4부

산에

사는

사람

들

산에 사는 사람들

그들은 낮에는 거리에, 밤에는 뒷산에 모여 있었다. 냄새나고 꾀죄죄한 행색 때문에 날이 저물면 그들은 산 속에 들어갔다. 산 속을 뒤지다 보면 예상 외로 따스하고 안락한 장소들이 있는데다, 먹을 것도 제법 구할 수 있어 허기를 채우기 좋았다. 그들은 가방을 찾으러 다닐 때 빼고는 저녁마다 거기 모여 담소도 나누고 잠도 청했다.

남자들은 나뭇잎과 덤불을 모아 불을 피웠다. 불빛은 춤을 추는 아프리카 여인처럼 왕성하게 일렁거렸다. 그들의 얼굴에는 오늘 하루도 무사히 지나갔다는 안도감과 함께 내일에 대한 희망이 있었다. 가방을 못 찾아도 내일 다시 찾으면 된다는 희망. 그것이 거리를 헤매며 가장 먼저 배운 것이었다.

나는 그들의 모습을 나무 뒤에서 몰래 지켜보았다. 집 바로 뒤에 있는 산인데도 한번도 올라와 본 적이 없었다. 그들은 대략 열일곱 명 정도 되어 보였는데, 생각보다 연령대가 다양했다. 그중엔 여섯 살 정도 되어 보이는 어린 여자아이도 있었다. 아이 엄마로 보이는 여자의 외투 안에는 걸음마도 못 뗀 아기가 고개를 쏙 내밀고 있었다.

나는 멀리서 아줌마를 알아보았다. 땅콩만 한 작은 몸이 어디선가 구해온 널빤지 위에 앉아 감자 같은 것을 까먹고 있었다. 그녀는 나이가 많은 편에 속해서 아마도 널빤지에 앉을 자격이 부여된 것 같았다.

그녀의 옆에는 일흔 살도 더 되어 보이는 늙은 남자가 한쪽 무릎을 가슴팍에 붙인 채 피로하게 앉아 있었다. 아줌마가 말한 정신적 지주가 그 남자일 거란 생각이 들었다. 그는 백발에 수염까지 길고 하여서 산신처럼 보였다. 누더기를 걸친 산신.

나는 그들 중 한 명이 책을 읽고 있는 것도 보았다. 그는 바닥에 쓰러진 나무 기둥을 해먹 삼아 누워 있었다. 반바지 밖으로 튀어나온 다리가 기둥에 달린 나뭇가지처럼 보였다.

"내 책이야."

내가 얼떨떨한 목소리로 말했다.

옆에 있던 나의 연인이 자세히 보려고 눈을 찡그리더니 환하게 웃었다.

"그러네."

"내 책을 읽고 있는 사람은 처음 봐."

"재밌어하는 것 같은데?"

"이제 어떻게 하지?"

내가 물었다.

"내가 아줌마를 유인해볼게. 여기 꼼짝 말고 있어."

우리는 손을 꼭 잡고 있었다. 잠시 후 내 손에는 밋밋한 바람만이 잡혔다.

그는 덤불 속을 기어 아줌마가 있는 널빤지 근처로 다가갔다. 나는 그를 보다가 놓쳐버렸다. 나뭇잎과 색깔이 비슷해서 구별하기 힘들었다. 바스락거리는 소리가 들리긴 했지만 그마저도 모닥불 타는 소리와 사람들의 움직임에 묻혀 들리지 않았다.

아줌마는 정신적 지주와 심각하게 이야기를 나누고 있었다. 둘 중 누구도 쥐발귀개개비를 발견하지 못했다.

"다람쥐다!"

머리를 정수리에 높게 올려 묶은 여자아이가 그를 보고 소리쳤다.

"어디?"

그보다는 좀 더 성숙한 남자아이가 아이를 따라 손가락으로 가리키는 방향을 보았다.

"저기!"

아이들이 쥐발귀개개비를 따라 뛰어갔다.

어른들은 무관심하다가 그제야 낙엽을 헤치고 폴짝 날아오른 새를 보았다.

"쥐발귀개개비야!"

털실로 짠 모자를 쓴 남자가 소리 질렀다.

아줌마도 고개를 쳐들었다.

쥐발귀개개비는 그들 위를 빙그르르 돌다가 내 쪽으로 날아왔다. 사람들은 새를 찾아 목을 빼고 살피더니 금세 흥미를 잃어버렸다. 어린아이들도 다시 모닥불 근처로 갔다. 꽁꽁 얼어붙은 고사리 같은 손발을 모닥불에 바짝 갖다 댔다. 날이 추워져서 그들은 평소보다 조금 일찍 산으로 돌아왔다. 환한 대낮에도 불을 지폈다.

아줌마가 일어나서 이쪽으로 성큼성큼 걸어왔다. 정신적 지주가 그녀를 힐끔 보긴 했지만 누군가 부르는 바람에 정신을 빼앗겼다.

우리는 손을 잡고 좀 더 낮은 지대로 내려왔다. 아줌마가 두리번거리자 나는 나뭇잎들을 주워 공중에 뿌렸다.

"대체 어떻게 된 거야?"

그녀가 놀라움과 반가움으로 어쩔 줄 몰라 하며 나를 보고 말했다. 내 옆에 있는 잘생긴 나의 연인을 보더니 곧바로 의미심장한 미소를 지었다.

그녀는 우리를 데리고 산길을 헤치며 아래로 내려갔다. 길이 아닌데도 그녀는 거침없이 나아갔다. 한두 번 가본 솜씨가 아니었다.

그녀가 데려간 곳에는 넓고 편편한 바위들이 모여 있었고, 조그만 개울물이 흘렀다. 잎사귀가 거의 다 떨어진 나무들은 외로운 늑대처럼 하늘을 쳐다보고 있었다.

그녀가 한 바위 위에 앉았다. 나도 그 옆에 앉았다. 생각보다 편안했다.

"여긴 어떻게 왔어?"

그녀가 물었다.

"며칠째 안 오셔서요. 무슨 일이 생긴 게 아닌가 걱정했어요."

그녀가 믿을 수 없다는 눈으로 날 쳐다보았다.

"여기까지 날 찾아올 줄은 몰랐어."

나는 대꾸할 말을 찾지 못했다. 나조차도 상상하지 못했으니까. 그러나 그녀의 얼굴을 보니 확실히 반갑긴 했다.

"그나저나 두 사람 정말 잘 어울리네."

아줌마가 우리 둘을 번갈아 보며 말했다.

"가방은 어떻게 됐어요? 찾았어요?"

내가 쑥스러워서 화제를 돌렸다.

"아, 그게."

그녀의 낯빛이 어두워졌다.

"못 찾았어."

수상한 거래

약도를 받은 날 그녀는 바로 건물에 찾아갔다. 그 건물은 걸어가도 될 만큼 멀지 않은 데 있었다. 그녀는 정신적 지주와 함께 갔다.

경비는 그들을 보자마자 노숙자인 줄 알고 내쫓았다. 그녀는 산으로 돌아와 하늘색 블라우스로 갈아입었다. 정신적 지주도 양복으로 갈아입었다.

"그분이 가방에 나왔을 때 가장 아끼는 정장 한 벌이 같이 들어 있었거든."

그녀가 말했다.

그들은 다시 갔고 경비가 그들을 들여보내 주었다. 그렇게 그들은 엘리베이터를 타고 금오산업에 갔다.

"꼭대기 층에 회사는 거기 하나였어. 간판에 '금오산업'이라고 적혀 있었지."

그녀가 설명했다.

"문이 잠겨 있어서 두드렸더니 어떤 남자가 나왔어. 나이는 삼십대 후반으로 보이고 호리호리한 체격에 눈썹 옆에 동전만 한 사마귀가 있었어.

'무슨 일로 오셨어요?'라고 그가 물었고, '가방이 있다고 해서 보러 왔어요.'라고 내가 말했어.

'가방이요?'

내 말투가 뻣뻣했는지 그가 미심쩍다는 표정을 지었지.

'여기 제가 찾는 가방이 있을까 해서요.' 바로 그때 정신적 지주가 끼어들었고, 그분의 미소가 신뢰감을 주었어. 그분은 30년 넘게 영업을 해서 원하는 걸 얻어낼 줄 알거든.

'어떤 경로로 여길 알게 되었나요?' 그가 의심을 풀지 않고 마지막 관문처럼 물었어.

'얼마 전 아는 형님이 말해줬어요. 아주 크고 튼튼한 가방이 서른 개 넘게 있다고 하던데요.'

남자는 우리 말을 완전히 믿었어.

그렇게 우리는 사무실 안으로 들어갔어. 점심시간도 아닌데 다른 직원은 보이지 않았어. 책상은 다 비어 있었고.

그가 앞장서서 옥상으로 통하는 비상계단으로 올라갔어. 정신적 지주와 나도 뒤따라갔지. 옥상에 들어선 순간 수십 개의 여행 가방이 눈에 들어왔어. 살면서 한번도 본 적 없는 가방들이었어. 내가 본 가방은 내가 나온 가방이 다였으니까. 어쨌든 희한했지.

우리는 가방을 하나씩 둘러보았어. 하지만 내가 찾는 가방은 없었어. 그건 정신적 지주도 마찬가지야. 수십 개의 가방 중에 우리가 나온 가방은 없었어."

그녀의 얼굴이 몹시 힘들어 보였다. 그녀가 이토록 괴로워하는 모습은 처음 보았기에 내 마음도 덩달아 어두워졌다.

"그 사무실은 무슨 일을 하는 곳이에요?"

그가 물었다.

"가방 회사인가요?"

"그건 아닌 것 같아. 하지만 가방과 관련된 일을 하는 건 분명해. 왜냐하면 남자가 우리에게 찾는 가방이 있는지 물었거든. 없다고 했더니 아쉬워하면서 오늘 아니면 당분간은 가방을 구하기 어려울 거라고 했어.

나는 다른 곳이 또 없는지 물었어.

'있기야 있죠. 하지만 우리가 진짜예요. 제일 튼튼하고 확실한 가방들만 가져다 놓지요. 우릴 따라 하는 놈들은 바퀴도 고장 나고 촌스러운 물건만 가져다 놔요. 그래서 팔린다 해도 버려지기 일쑤고, 그마저도 몰래 갖다버리는 바람에 친환경 이미지에 타격을 많이 입었어요.'

나는 너무 혼란스러웠어. 그가 무슨 말을 하는지 하나도 이해가 안 됐거든.

우리가 나올 때까지 사무실은 썰렁했어. 그가 엘리베이터 앞까지 배웅을 해줬어. 25층까지 올라오는 데 시간이 걸려서 정신적 지주가 먼저 손을 내밀어 악수를 청했어. 두 사람이 악수를 했고, 엉겁결에 나도 악수를 했는데 그의 손이 너무 차가워서 깜짝 놀랐어.

나가는 길에 우리는 경비에게 금오산업이 뭐하는 곳이냐고 물었어. 그는 그곳이 친환경 리사이클링 업체라고 말해줬어."

그녀가 말을 마쳤다.

어느새 하늘엔 주황색 이불을 걸어놓은 것처럼 노을이 지고 있었다.

"아침에 가보니 가방이 전부 사라졌어요."

그가 말했다.

그녀가 놀란 표정을 지었다.

"전부?"

"네. 깨끗해요. 텅 비었어요."

"어디로 갔는지는 모르고?"

그가 고개를 저었다. 오전 내내 근방을 돌아다녔지만 가방 비슷한 것도 발견하지 못했다고 했다.

"뭔가 이상해요. 나쁜 징조 같아요."

내가 말했다.

"내 생각도 그래. 그 사람 보면 볼수록 뒤가 구린 것 같거든. 아무래도 정신적 지주와 진지하게 얘기해봐야겠어. 그도 이 일이 우리와 관련이 있을 것 같다고 믿고 있거든. 자기 생각이 좀 더 확실해지면 우리에게 다 밝히겠다면서."

그녀가 일어나자 우리도 같이 일어섰다.

그때 갑자기 그가 무언가 보고 감탄을 했다. 태양이 개울물에 퐁당 빠져 있었다. 우리도 잠시 서서 감탄했다.

"너희도 같이 갈 거지?"

그녀가 나를 보며 물었다.

내가 그를 보자 그가 꽉 잡은 우리 두 손을 다른 한 손으로 감쌌다. 마치 어미 새가 양 날개를 펴서 아기 새를 감싸 안듯이.

사라진 가방

돌아와 보니 아까보다 더 많은 사람이 모닥불 주위에 앉아 있었다. 세어보니 네 명이 더 늘었다. 우리가 다가 가자 그들이 소리 나는 쪽으로 고개를 돌렸다.

"새 멤버인가."

한 명이 말했다.

"그러기엔 너무 젊어 보이는데."

다른 한 명이 말했다.

"연인 사이 같군."

무리 중 비교적 젊은 남자가 말했다.

"저 사이즈면 이민 가방에서 나온 것 같은데."

헝클어진 머리를 귀 뒤로 넘기며 젊은 여자가 말했다.

아까 내 책을 읽고 있던 남자가 소란스러운 걸 눈치채고 책을 덮었다. 그는 직전까지 모닥불 빛에 비추어 책 읽기를 멈추지 않고 있었다.

"아줌마, 누굴 데려오는 거예요?"

무리 중 비교적 젊은 남자가 크게 소리쳤다.

아줌마가 말없이 미소를 지었다. 사람들의 표정이 일제히 일그러졌다.

"말도 안 돼!"

남자들과 여자들의 비명이 한 데 뒤엉켰다.

책을 들고 있던 남자가 놀라서 책을 떨어뜨렸다. 정신적 지주가 달려 나와 반겨주었다. 입 속에 있던 금니가 황금 개구리처럼 번쩍거렸다.

"여기 앉으세요."

털모자를 쓴 중년 남자가 일어나서 팔을 휘휘 젓자 금세 세 사람이 앉을 자리가 마련되었다. 나는 그의 손을 꼭 붙잡은 채 엉거주춤 앉았다.

환대받는 일은 익숙하지 않았다. 내 오른쪽에 아줌마가 앉았다. 엉덩이가 몹시 차가웠지만 스무 명도 넘는 사람이 쳐다봐서 내색하지 않았다. 그들은 진귀한 물건이라도 보는 양 나를 바라보았다.

"짐작했겠지만 여러분이 읽은 책의 저자님이셔."

아줌마가 말했다.

그들의 입이 아까보다 더 벌어졌다. 꼬질꼬질 때가 끼고 지저분한 행색이지만 두 눈동자만은 소요로부터 비켜난 듯 깨끗하고 빛이 났다.

"그런데 옆에 있는 분은 작가님 애인인가요?"

눈썹과 코에 피어싱을 한 여자가 물었다. 그녀는 아까부터 그의 눈부신 외모에 눈을 못 떼고 있었다. 그가 입을 벌리고 낱말들을 고르는 동안 아줌마가 대신 대답했다.

"맞아. 그리고 금오산업에 가방이 있는 걸 알려준 분이기도 해."

그 순간 정적과 함께 사람들의 얼굴이 삽시간에 굳어버렸다. 나뭇가지들이 타닥타닥 타는 소리만이 구슬프게 났다.

"오늘 여기 온 이유도 그것 때문이야."

아줌마가 힘없이 몸을 돌려 정신적 지주를 바라보았다.

누더기를 입어서인지 노인에게서 그녀가 말한 신뢰감을 주는 미소는 찾아볼 수 없었다. 세월에 오랫동안 끌려다니느라 기운이 다 빠진 허약한 할아버지만이 있을 뿐이었다.

"가방이 다 없어졌대요."

그녀의 말이 떨어지자마자 할아버지의 눈썹이 꿈틀거

렸다. 그가 벌떡 일어났다. 그 바람에 널빤지가 덜컹 소리를 냈고, 그 소리에 놀란 갓난아기가 울음을 터뜨렸다. 나이를 가늠하기 힘든 여자가 아이를 품에 안고 달랬다. 할아버지는 뒷짐을 지고 수심이 가득한 눈으로 하늘을 바라보더니 다시 자리에 앉았다.

우리 모두 아무 말 없이 그 모습을 지켜보았다. 과연 정신적 지주답게 그의 행동거지는 사람들을 몰입하게 하는 흡입력이 있었다.

"가방이 대체 어디로 간 걸까요?"

무리 중 비교적 젊은 남자가 정적을 깨고 물었다. 활달한 성격이 얌전히 가방에 실려 나올 사람처럼 보이지 않았다. 그러나 그도 가방에서 나왔다.

할아버지가 눈을 떴다. 생각을 꼭꼭 씹어 말로 뱉어낼 것처럼 입을 우물거렸다.

"기어이 일이 터졌군."

그가 좌중을 둘러보았다. 시계 방향으로 돌던 그의 시선이 이윽고 내 앞에서 멈추었다.

"이미 가방들이 집 안으로 흩어져 들어갔어. 사람들을 내쫓기 위해 누군가 음모를 꾸미고 있는 거야.

우린 그 가방들을 찾아내야 해."

작전 회의

산속의 사람들이 찾는 가방은 자신이 나온 가방에서 옥상에 있다가 사라진 가방으로 바뀌었다. 할아버지는 우리가 나온 가방을 가져간 자들이 옥상의 가방을 내보낸 자들일 거라고 말했다.

"그들이 왜 그런 짓을 할까요?"

무성한 머리칼을 헤치며 여자가 말했다. 그녀는 숱이 많아서 남들보다 두 배로 머리 냄새가 났다.

"우리가 무슨 잘못이라도 한 걸까요?"

"우리가 가방에서 나온 게 그들과 관련이 있는지 없는

지는 아직 장담하기 일러. 아마 그들을 찾아내면 알게 되겠지."

할아버지는 말하면서도 몹시 괴로워했다. 자동차 보닛에 사는 고양이만도 못하게 거리를 누비며 싸워온 번뇌의 실마리가 예상치 못한 방향으로 풀려나가는 게 괴로운 모양이었다.

"우선은 가방을 회수하는 게 급선무야."

할아버지가 말했다.

사람들이 웅성거렸다. 그가 주목하라는 듯 두 손으로 무릎을 쳤다.

"오늘부로 작전은 바뀌었다."

그가 말했다.

"앞으로 당분간은 낮에 자고 밤에 움직일 거야. 그 일은 모두 잠든 시간에 벌어질 거야. 오늘 밤 우리는 가방을 찾으러 갈 거다.

가방들이 사라져버린 건 우리 힘으로 어쩔 수 없지만, 그 가방을 찾아서 여기로 가져오는 건 할 수 있겠지.

가방에서 나온 사람들이 가방을 버리는 순간 그자들이 다시 가방을 수거해갈 거고 거리엔 지금보다 더 많은 사람이 비참한 짐승처럼 나앉게 될 거야.

그자들이 왜 그런 짓을 하는지 몰라도 그들 뜻대로 하

게 놔둬선 안 돼. 우린 이 모든 걸 바로잡아야만 해."

사람들이 패를 나누어 어디부터 찾아볼지 정하기 시작했다. 구역 나누기는 착착 진행되었다. 오랜 시간 동고동락해온 사이답게 손발이 착착 맞았다. 아기 엄마는 아이들과 남기로 했으며, 십 대 소년과 조류학자가 같이 남아서 그들을 보살피기로 했다.

할아버지는 널빤지에 앉아 그들을 지켜보고 있었다. 나는 그가 죽을까 봐 걱정되었다. 그가 너무 늙고 말랐기 때문이다.

가죽 재킷을 입은 록스타처럼 생긴 남자가 손을 들었다.

"누군가 금오산업의 동태도 살펴야 하지 않을까요?"

말이 끝나기 무섭게 사람들이 나의 연인을 쳐다보았다. 나는 몹시 당황했다. 남자친구 없이 나는 아무것도 할 수 없기 때문이다.

바로 그때 아줌마가 내 손을 잡았다. 우리가 서로의 손을 잡은 건 그때가 처음이었다. 그녀와 내 손은 단추와 단춧구멍처럼 잘 맞았다. 그 손은 잡고 있어도 잡고 있는 줄 모르는 손이었다.

"네 보물은 내가 잘 지킬게."

아줌마가 남자친구에게 말했다.

정각 12시에 우리는 다 같이 움직이기로 했다. 그전까지 막간을 이용해 눈을 붙이기로 했다. 그들은 능숙하게 나뭇잎을 덮고 누웠다. 자세히 보니 저마다 자기 키만 한 구멍을 파놓았다. 그들이 나와 내 남자친구 것도 파주었다. 찌그러진 하트 모양이었다.

내가 추워하자 아줌마가 하늘색 블라우스를 목에 둘러주었다. 그녀는 그걸 언제 어디든 들고 다녔다.

자정이 되기 전에 우리는 일어났다. 우리는 동이 트기 전 이 자리에 다시 모이기로 약속했다.

나의 연인이 먼저 금오산업 쪽으로 날아가 수상한 움직임이 없는지 살펴보기로 했다. 어둠 속에서 반짝이는 금빛 가루가 되어 쥐발귀개개비로 날아오르는 모습은 어른이고 아이고 할 것 없이 탄성을 자아냈다. 그들은 쥐발귀개개비가 그 검고 우직한 산을 아무런 어려움 없이 빠져나가는 모습에 깊은 감동을 받았다.

밤하늘에 별이 총총 떠 있었다. 그것은 플라스틱 별이 아닌 진짜 별이었다. 갑자기 집에 있는 침대 생각이 났다. 그는 진짜 별을 본 적이 없을 것이다. 나는 늘 침대 대신 모험을 떠났다. 오늘 밤은 내가 모험을 떠날 것이다. 내 가슴이 쿵쾅거리며 뛰기 시작했다.

사람들은 점점 더 일사불란하게 움직였다. 우리의 말

수는 급격하게 줄어들었다.

　그들이 비장한 표정을 지었다. 정확히 십 분 뒤면 열일곱 명이 작전을 개시할 차례였다.

열두 바퀴만 돌면

나는 아줌마 손에 붙들려 우리가 맡은 구역으로 갔다.
우리 말고 어떤 숫기 없는 아저씨도 함께 갔다.

우리는 나란히 걸어갔다. 내 집에서 얼마 떨어지지 않
은 곳이었다.

우리는 녹슨 난간이 달린 시멘트 계단을 중심으로 찢
어져 한 바퀴 돌고 오기로 했다.

가방은 보이지 않았다. 두 바퀴 돌고 와도 마찬가지였
다. 온몸이 덜덜 떨렸다. 기온이 뚝 떨어져 너무 추웠다.
아줌마는 포기하지 않고 내 손을 잡아끌었다. 1시가 넘
어가자 동네는 쥐죽은 듯 고요했다. 여섯 바퀴를 돌고 와
서 우리는 잠시 쉬었다.

우리는 계단에 앉아 손을 비비며 덜덜 떨었다. 아저씨는 난간에 기대어 서 있었다.

아저씨는 이 계단 바로 아래에서 자기가 나왔다고 했다. 그도 정신적 지주처럼 평범한 가정의 가장이었다. 나이는 사십 대 중반으로 정수리까지 이마가 드러났다. 그 이마는 좀 함축적이었다. 그가 어떤 표정을 지어도 공허해 보이는 효과가 있었다. 나는 그가 어느 한 집을 계속 쳐다보는 걸 알아차렸다. 그 집은 늦은 밤에도 불이 꺼지지 않은 채였다.

"열두 바퀴만 딱 채웁시다."

그가 추워서 개구리처럼 폴짝폴짝 뛰며 말했다.

아줌마도 그렇지만 이 남자도 포기를 모르는 남자였다. 그가 서로 구역을 바꿔서 도는 게 어떻겠냐고 물었다. 한 곳만 계속 돌다 보면 자칫 눈에 익어 놓치는 게 생길지도 모른다는 것이었다. 그의 말은 일리가 있었다. 그렇게 해서 우리는 방향을 바꿔 번갈아 가며 8자 모양으로 돌았다. 그것은 출구 없는 뫼비우스의 띠 같았다. 우리는 영화 속 록키처럼 지치지 않고 걸었다.

아줌마와 내가 가방을 발견한 건 열두 바퀴째 돌았을 때였다. 전봇대 아래 누가 버린 낡은 의자가 있고 그 뒤에 큼지막한 남색 여행 가방이 보였다. 심장이 요동치기 시작했다. 아줌마의 손에도 바짝 힘이 들어갔다.

우리는 천천히 가방에 다가갔다. 손잡이를 빼내 끌어 보았지만, 꿈쩍도 하지 않았다. 아줌마와 나의 눈이 동시에 마주쳤다.

우리는 힘을 합쳐 가방을 끌고 계단으로 갔다. 다행히 바퀴는 잘 굴러갔다. 우리는 끙끙대며 걸어갔다. 오르막 길이라 숨이 찼다.

저 멀리 낯익은 실루엣 하나가 걸어오는 게 보였다. 아저씨도 커다란 가방 하나를 씨름하듯 끌고 오고 있었다. 우리는 거의 동시에 계단 앞에 도착했다. 우리 세 사람은 가방을 내려놓고 나란히 계단에 앉았다.

우리는 가방을 내려다보았다. 가방들은 미동도 없이 잠잠했다. 그들은 아직 꿈나라에 있었다.

"이제 어떡하죠?"

내가 물었다.

가방에서 나온 사람들

우리는 기다려보기로 했다. 가방을 찾고 나서 어떻게 할지는 정하지 않았기 때문이다. 실제로 가방을 찾게 될 줄도 몰랐다.

우리는 기다렸다. 그들이 언제 깰지도 모르고, 너무 무거워서 산까지 끌고 올라갈 자신이 없었다. 아저씨는 혼자 한 바퀴 더 돌고 오기로 했다.

나는 그가 달빛 아래서 환하게 웃으며 육중한 수확물을 등에 지고 오는 것을 보았다. 그는 훌륭한 가장이었을 것이다. 그가 왜 가방에 들어갔는지 알 수가 없다.

그가 한 바퀴 더 돌고 오는 사이 가방이 꿈틀거리기 시작했다. 아저씨도 계단을 올라와 내 옆에 앉았다. 우리는 숨을 죽였다. 그리고 그들이 다치지 않도록 계단 맨 아래 가방들을 엎어놓았다.

가방들은 이상한 소리를 냈다. 괴성과 신음이 뒤섞여 그 소리는 점차 심상치 않은 울부짖음으로 변했고, 우리의 상상력을 자극했다. 특히 아줌마와 내가 가져온 가방이 가장 요란한 소리를 냈다. 모르긴 몰라도 무지막지하게 큰 게 들어있을 거란 예감이 들었다.

우리는 계단 맨 위에 앉아서 지켜보았다. 나는 두 번째였지만 아줌마와 아저씨는 가방에서 나오는 사람을 보는 게 처음이었으므로 굉장한 호기심을 가지고 바라보았다.

남색 가방에서 우두둑우두둑 힘줄 끊어지는 소리가 났다. 악어의 입을 벌리듯 힘겹게 가방을 젖히고 나온 사람은 짧은 머리를 노랗게 염색한 남자였다. 어떻게 그 안에 들어갔는지 수수께끼일 만큼 덩치가 컸다.

그는 숨쉬기가 힘든지 목을 붙잡고 컥컥거렸다. 내가 도와주려고 일어나자 아줌마가 손을 잡아당겼다. 그녀만큼 가방에서 나온 사람의 심리 상태를 잘 아는 이도 없을 것이므로 나는 얌전히 앉았다.

남색 가방이 열리고 난 뒤 회색 가방의 지퍼도 열렸다. 꽃잎이 열리듯 활짝 열린 가방 안에 비쩍 마르고 눈이 커다란 여자가 있었다. 새하얀 실크 잠옷을 입은 그녀는 주위를 둘러보더니 이것도 꿈이라고 생각했는지 다시 눈을 감고 잠을 청했다.

우리는 초조하게 마지막 가방을 기다렸다. 마지막 가방 주인은 뜻밖에도 외국인 노동자였다. 앳된 얼굴에 이런 일을 수도 없이 겪어본 사람처럼 벌떡 일어나 용맹하게 주위를 살펴보았다. 아줌마가 내 귀에 대고 외국인은 처음이라고 속삭였다.

외국인은 노란 머리가 숨을 못 쉬는 걸 보고 달려갔다. 그가 등짝을 세게 두드리자 노란 머리가 고라니처럼 소리를 꽥 질렀다. 너무 소리가 커서 두 번째 가방 속 여인도 비명을 지르며 깨어났다.

그들은 상황 파악이 안 되는 듯 서로를 마주 보았고, 겁에 질린 듯했으며, 인생에서 지금 막 처음 만난 사람들을 오래전부터 알고 지낸 사람처럼 바라보았다. 그들은 아마도 서로가 뭔가를 알고 있을 거라고 확신하는 듯했다. 그러나 아무도 모른다는 걸 알고 나자 가방을 보며 생각에 잠겼다.

그들이 가방을 두고 떠나려는 순간 아줌마가 그들을 불렀다. 그제야 세 사람은 계단 위에서 자신들을 지켜보는 또 다른 존재를 알아차렸다.

"아줌마가 우릴 이 가방에 넣었어요?"

노란 머리가 소리쳤다. 그의 목소리는 생김새만큼 위협적이었다.

"아니요. 우린 여러분을 길에서 발견하고 여기로 끌고 왔답니다."

아줌마가 대답했다.

노란 머리는 혼란스러운 표정으로 우리를 쳐다보더니 곁에 있던 두 사람에게 말했다.

"갑시다."

아저씨가 벌떡 일어나 두 계단 뛰어 내려갔다. 그러다 정신을 차린 듯 다시 우리 곁으로 껑충 뛰어 되돌아왔다.

"어디 가시게요?"

그가 물었다.

"집에요."

실크 잠옷을 입은 여자가 퉁명스럽게 말했다. 그녀는 불쾌하다 못해 화가 난 얼굴이었다.

아저씨가 고개를 저었다.

"집엔 못 갈 거예요. 설령 가더라도 들어가지 못할 겁니다."

여자가 황당하다는 표정으로 곁의 두 남자를 바라보

았다. 짧은 사이에 세 사람 간에 끈끈한 동지애가 싹튼 모양이었다.

"아저씨가 뭔데 내가 집에 못 간단 말을 하는 겁니까?"

흉악하게 생긴 노란 머리가 소리쳤다. 그의 귀에 은색 피어싱을 나사처럼 박아놓은 게 보였다.

"우리가 당신들보다 먼저 가방에서 나왔으니까요."

아저씨가 말했다.

나는 한 사람만 빼고 그들의 표정이 유순한 양처럼 바뀌는 걸 보았다.

일 보 후퇴

그들은 아줌마의 말을 얌전히 듣는가 싶더니 코웃음을 쳤다. 그들은 또다시 흥분했고 난폭해져서 아줌마의 말을 들으려 하지 않았다. 산에 있던 사람들도 맨 처음 가방에서 나왔을 때 이랬을까 싶을 만큼 고약한 깡패처럼 굴었다. 세 사람은 우릴 내버려 두고 30분 전 우리가 그랬던 것처럼 뿔뿔이 흩어졌다.

아줌마는 계단에 앉아 꼼짝도 하지 않았다. 내가 가방만 들고 가자고 했지만, 그녀는 그들을 기다리자고 했다. 그 선한 영혼을 가진 아저씨도 동의했다.

그들이 전부 돌아오는 데 약 30분 정도 걸렸다.

　제일 먼저 돌아온 사람은 외국인 노동자였다. 그는 5분도 안 돼 돌아와 자연스럽게 우리 옆에 착석했다.

　그다음엔 실크 잠옷을 입은 여자였다. 멀리서 보니 그녀는 유령 같아 보였다. 어떤 의미에선 이미 유령이기도 했다. 그녀는 이를 딱딱거리며 말없이 내 옆에 앉았다. 화난 표정을 풀지 않는 걸로 보아 너무 추워서 일 보 후퇴한 것 같았다.

　노란 머리가 가장 시간이 오래 걸렸다. 그는 문을 부수고 들어가려다가 이웃 주민의 신고를 받았다.

　"이제 어떻게 해야 하죠?"

　노란 머리가 공포에 질린 표정으로 말했다. 그는 마치 우리가 이 모든 걸 기획한 사람처럼 생각하는 것 같았다.

　아줌마가 조용히 내 손을 잡고 일어섰다. 내 키가 그녀보다 커서 그녀의 찌그러진 헌팅캡 안이 들여다보였다. 움푹 들어간 게 내 연인의 둥지로 써도 될 것 같았다.

　"우릴 따라오세요."

　아줌마가 조용히 말했다.

　그들은 토 달지 않았다. 그들이 가방을 두고 가려고 해서 아저씨가 가방을 챙기라고 했다.

　"가방은 왜요?"

　실크 잠옷을 입은 여자가 신경질적으로 물었다.

"저 가방은 내 가방도 아닌데요."

그녀가 말했다.

"저런 촌스러운 가방은 산 적도 없어요."

다른 남자들도 동의한다는 표정을 지었다. 그들은 자신이 나온 가방을 괴물 쳐다보듯 했다. 가방은 그들이 나왔을 때 그대로 입을 쩍 벌리고 있었다.

"우리가 여기 있는 게 다 저 가방 때문이에요. 날이 밝기 전에 얼른 갑시다."

아저씨가 짜증을 냈다.

정말 시간이 얼마 없었다. 어디선가 누가 우리를 숨어서 지켜보고 있는 듯한 기분이 들었다. 나는 오싹해져서 아줌마의 옆구리에 바싹 몸을 붙였다.

실크 잠옷을 입은 여자는 못마땅한 얼굴을 하고서 천천히 가방을 끌고 따라왔다. 그녀가 너무 추워서 나는 목에 두르고 있던 하늘색 블라우스를 입혀주었다. 그 옷은 여러모로 쓸모가 있었다.

노란 머리가 외국인에게 영어로 뭐라고 뭐라고 말하자 그도 영리하게 자기 가방을 들고 따라왔다.

힘을 얻는 사람들

산에는 우리보다 먼저 돌아온 사람들이 있었다. 그들도 내려갔을 때보다 짐이 몇 배는 불어나 있었다.

나는 나의 연인과 정신적 지주가 널빤지에 앉아 있는 것을 보았다. 나의 연인이 나를 발견하고 달려와 아줌마로부터 손을 넘겨받았다.

동이 트기 전에 사람들이 다 모였다. 나까지 포함해 마흔두 명이었다.

"아직 가방이 더 있을 거야."

정신적 지주가 말했다.

우리는 내일 밤 다시 한번 흩어져 가방을 찾아보기로

했다.

남자들이 흩어져서 모닥불을 피웠다. 원래는 한 개면 충분했지만 인원이 늘어났으므로 두 개를 피웠다. 그래서 평소보다 좀 더 시간이 걸렸다.

동이 트고 나서야 비로소 자리에 누웠다. 그들은 눕자마자 바로 곯아떨어졌다. 밤새 추위와 배고픔에 칭얼대던 아이들도 천사 같은 얼굴로 잠이 들었다.

아줌마가 집에 가서 자라고 했지만 나는 가지 않았다. 나는 이미 그들의 일원이었다. 인정하고 싶지 않지만 집에서 나를 기다리는 사람도 없었다.

나는 찌그러진 하트 안에서 연인의 손을 잡고 누웠다. 얼어붙은 대지에 등을 붙이자 지난날이 주마등처럼 떠올랐다. 제법 괜찮은 날들이었다. 자연은 인간을 겸손하게 만든다.

오늘 가방에서 나온 사람들은 쉽게 잠들지 못했다. 야산에서 맨몸으로 자는 일이 흔한 일은 아니었다. 게다가 이렇게 많은 사람이 한꺼번에 가방에서 나와 산 중턱에 모이게 될 줄 몰랐으므로 그들은 얼이 나간 표정이었다.

잠에서 깨어났을 때 우리는 노란 머리와 친구들이 사라진 걸 알아차렸다. 실크 잠옷을 입은 여자도 보이지 않았다. 우리는 놀라거나 당황하지 않았다. 그들이 사라진 자리엔 그들이 나온 가방만이 뱀 허물처럼 벗겨져 있었다.

그들은 오후 늦게 산으로 다시 돌아왔다. 무슨 일이 있었는지 몰라도 기가 잔뜩 죽어 있었다.

우리는 모닥불을 피울 나뭇가지를 주웠다. 아줌마가 나의 연인에게 금오산업에서 무언가 새롭게 발견한 게 있는지 물었다. 그가 고개를 저었다.

"사무실 불은 꺼져 있었어요. 새로운 가방도 없었어요."

우리는 가방을 한데 모아두었다. 이것은 중요한 임무였다. 혹시라도 가방이 없어지는 일이 없도록 돌아가면서 감시했다.

자정이 되자 우리는 다시 산 아래로 내려갔다. 나의 연인도 재빨리 금오산업으로 날아갔다. 그가 얼어 죽을까봐 걱정되었지만 조류학자는 아직 문제없다고 나를 안심시켜주었다.

이번에는 어제보다 두 배가 넘는 인원이 내려갔다. 우리는 구역을 더 넓혀서 찾아보기로 했다.

새로운 사람들은 하루 사이에 자신들이 해야 할 일을 이해했다.

실크 잠옷을 입은 여자는 자진해서 아이를 돌보겠다

고 했다. 그녀의 직업은 어린이집 교사였다.

나머지 사람들도 적극적이었다. 가방에서 나온 지 얼마 안 된 그들은 패기가 넘쳤고, 열두 바퀴가 아니라 백바퀴도 돌 수 있을 것 같았다.

"어떤 놈인지 잡히기만 해봐라!"

노란 머리가 소리쳤다.

그날 노란 머리는 혼자서 네 개의 가방을 끌고 왔다. 그의 뒤에는 꼭 그만한 덩치를 가진 남자 네 명이 서 있었다.

아줌마가 어젯밤 왜 그들을 기다리자고 했는지 알 것 같았다.

때를 기다리는 시간

　남자들은 모닥불을 하나 더 피웠다. 산불이 났다고 신고가 들어올까 봐 우리는 불씨가 커지지 않게 조심했다.

　내가 잘못 센 게 아니라면 우리는 이제 쉰여섯 명이었다. 인원이 너무 많아서 모닥불 수에 맞추어 세 그룹으로 나누었다.

　정신적 지주는 자신의 명령을 전달할 각 그룹의 대표를 뽑았다. 무리 중 비교적 젊은 남자와 아줌마, 그리고 노란 머리가 대표가 되었다.

　나는 노란 머리와 친해졌다. 그는 우락부락한 생김새와 달리 개나리처럼 온화한 마음씨를 가진 사람이었다.

나는 노란 머리가 집에 갔을 때 무슨 일이 있었는지 물었다.

"어떤 놈이 나와서 내 집에서 나가라고 했어. 그놈 멱살을 잡아 집어던지고 안에 들어갔는데 정말 내 집이 아니었어. 그냥 딱 봐도 아니었어."

그가 떠올리기도 싫다는 듯 말했다. 다른 사람들에게도 물어봤는데 거의 다 비슷했다.

날이 밝자 사람들은 곤히 잠들었다. 몇 시간 뒤 군데군데 빈자리가 생겼지만 아무도 신경 쓰지 않았다. 우리는 그들이 곧 돌아올 거란 걸 알고 있었다.

정신적 지주는 무릎에 턱을 받치고 널빤지에 앉아 있었다. 이틀 전부터 그는 잠을 거의 자지 못했다.

나는 그가 무언가를 먹기는 하는지 궁금했다. 그가 먹는 모습을 한번도 본 적이 없기 때문이다. 그러나 그것은 풍족하게 먹지 않아서 그런 것뿐이었다. 그는 죽지 않을 만큼만 배를 채웠다.

그는 타고난 전략가였다. 그는 우리를 불러 모아놓고 이것이 시작에 불과하다고 말했다.

"그냥 사무실을 점거해버리는 건 어때요? 그리고 나서 무슨 일인지 물어보면 되잖아요."

노란 머리가 답답하다는 듯 말했다.

"그랬다간 일을 더 망칠 수도 있어. 이 많은 사람이 하루아침에 집을 잃어버린 걸 보면 모르겠어? 놈들은 애송이가 아니야."

간밤에 노란 머리가 데려온 또 다른 덩치가 말했다.

노란 머리가 입을 다물었다. 그들을 보고 있자니 마음이 든든했다.

"우리 가방도 찾을 수 있을까요?"

아기를 품에 안은 여자가 조심스레 입을 떼었다. 그녀는 자신의 영혼까지 짜내 아이를 키우고 있었다. 그녀의 얼굴은 초췌하다 못해 삶으로부터 버림받은 느낌마저 주었다.

"우리 가방을 다른 업자들이 갖고 있을 수도 있잖아요."

"폐기처분되었을지도 모르지."

록스타가 찬물을 끼얹었다.

나는 바퀴가 고장 난 촌티나는 분홍색 캐리어를 떠올렸다. 낮에 그 가방을 새끼 리트리버처럼 안고 간 검정 모자도 떠올렸다. 이후 그가 서너 차례 그 근처를 서성거렸던 것도.

"아직은 절망적으로 단정 짓지 맙시다. 우선 하나라도 더 찾아보자구요."

노란 머리가 웬일로 똑똑한 소리를 했다.

"지금까지 잘 버텨왔잖아요. 이제 와 포기하기엔 너무 일러요."

"그들이 가방을 풀 때를 기다려 좀 더 돌아다녀 봅시다."

"가방이 없어진 걸 알면 금오산업도 가만있지 않을 거예요."

사람들이 너도나도 목청을 높였다. 그 모습을 보고 정신적 지주도 힘을 얻은 것 같았다. 입 안에 든 황금 개구리를 보여주었던 것이다.

정신적 지주가 내 연인의 손을 잡았다.

"당분간은 별수 없이 금오산업 동태를 계속 봐줘야겠어."

정신적 지주가 미안해하며 내 잘생긴 연인에게 말했다.

내가 조류학자를 바라보자 그가 아직은 괜찮다는 뜻으로 손가락으로 동그라미를 만들어 보였다.

"금오산업에서 가방이 없어진 걸 눈치챘을까요?"

헝클어진 머릿속 비듬을 털어내며 여자가 말했다. 가방에서 나왔다기보다 가출을 한 게 아닐까 의심되었다. 아줌마에게 물어보니 미성년자는 아니었다.

"그런 것 같은데요."

내 남자친구가 말했다.

"쉿! 누군가 이쪽으로 오고 있어요."

그가 왼쪽으로 고개를 돌렸다.

사람들도 그를 따라 왼쪽으로 고개를 돌렸다. 멀리서 바스락바스락하며 낙엽이 으스러지는 소리가 났다. 누군가 우리를 향해 다가오고 있었다. 우리는 침묵했다.

소리는 점점 커졌다. 나뭇가지를 양옆으로 걷어치우며 한 남자가 저벅저벅 걸어왔다. 키가 컸고 검정 모자를 쓰고 있었다.

검정 모자를 쓴 남자

그는 우리를 보자마자 걸음을 멈추었다. 그가 도망치려고 하자 노란 머리와 덩치들이 달려가 붙잡았다.

그들이 남자를 사람들 앞에 끌어다 내팽개쳤다. 남자가 그물에 걸린 물개처럼 발버둥쳤다. 노란 머리가 모자를 벗겨내려고 했지만 잘 벗겨지지 않았다. 그가 포기하고 남자의 턱을 붙잡아 쳐들었다. 열일곱 살이나 열여덟 살처럼 보였다. 양 볼에 짜다 만 여드름 자국이 보였다.

"뭐야, 애잖아."

노란 머리가 어이없다는 듯 말했다.

나와 아줌마도 가까이 다가갔다. 사람들이 그를 풀어

주려고 했다. 내가 그들을 막아섰다. 더는 시간을 끌 이유가 없었다.

"저 남자를 본 적이 있어요."

내가 말했다.

"어디서?"

노란 머리가 물었다.

"저의 집 앞에서요. 아줌마 가방을 가져간 사람이에요."

사람들이 놀란 표정을 지었다.

"왜 진작 말 안 했어?"

노란 머리가 어이없어하며 말했다.

나는 아줌마의 눈치를 살폈다. 검정 모자가 아줌마의 아들일까 봐 그랬다고 말할 수 없었다.

"이 녀석 알아요?"

노란 머리가 아줌마에게 물었다.

아줌마는 검정 모자를 쓴 여드름투성이 소년을 물끄러미 내려다보았다.

"아니요."

그녀가 대답했다.

그러나 그 순간 나는 운명의 골짜기에 폭풍이 불어닥치는 소리를 분명히 들었다.

노란 머리와 남자들은 검정 모자를 커다란 나무둥치

앞으로 끌고 갔다. 거기에 그를 앉힌 뒤, 버려진 노끈을 구해다 손과 발을 묶었다. 그리고 그들은 가방이 어디 있는지 물었다. 아줌마를 왜 가방에 넣었는지도.

검정 모자는 기계처럼 모른다는 말만 반복했다.

"전 가방만 주웠어요. 가방에 사람을 넣을 줄도 몰라요."

검정 모자가 말했다.

"저는 그냥 시키는 대로 했을 뿐이에요."

"누가 시켰는데?"

"몰라요."

"가방을 주워서 어떻게 했지?"

"몰라요."

"여긴 어떻게 알고 온 거야?"

"몰라요."

노란 머리가 흥분해서 소매를 걷어붙였다. 하지만 사람들이 말리자 가볍게 꿀밤만 때렸다.

검정 모자는 끝까지 아무 말도 하지 않았다. 금오산업에 대해서도 모른다고 잡아뗐다. 그가 너무 어렸으므로 노란 머리도 심하게 몰아붙이지 않았다. 아직 시간은 충분히 있었다.

자정이 되자 사람들은 전날처럼 가방을 찾으러 산 아

래로 내려갔다. 쥐발귀개개비도 날아갔다. 아이를 보살
피는 사람들과 가방을 지키는 사람들, 검정 모자를 지키
는 사람들만 남았다. 아줌마도 남기를 원해서 나도 같이
남았다.

우리는 모닥불 앞에 앉았다. 물론 그녀의 손을 잡고.

아줌마는 아까부터 말이 없었다. 나는 그녀를 방해하
지 않았다. 그녀에게는 시간이 필요했다. 아줌마는 아들
이 재작년에 차에 치여 죽었다고 말했다.

"난 이 모든 일련의 일들이 결코 아무 이유 없이 일어
난 것 같지 않아."

그녀가 낮에 긁어모은 나뭇가지를 부러뜨렸다. 나뭇
가지를 집어넣자 죽어가던 불씨가 다시 활활 타올랐다.

유난히 고요한 밤이었다. 실크 잠옷을 입은 여자가 아
이의 손을 잡고 꾸벅꾸벅 졸고 있었다. 다른 사람들은 바
람에 구름이 씻겨버린 광활한 우주를 보고 있었다. 그들
은 하품조차 하지 않았다.

기나긴 시간이 지나고 사람들이 하나둘 돌아왔다. 다
들 빈손이었다.

"보물찾기가 어디 쉬운 줄 알았어?"

실망한 사람들에게 노란 머리가 호탕하게 말했다.

그들은 검정 모자가 잠들어 있는 걸 보더니 모닥불을 두 개 더 피운 뒤에야 잠이 들었다.

자리가 부족해서 몇 명은 조금 더 아래로 내려가 잠자리를 만들었다. 그들은 빛이 없는 밤보다 볕이 드는 낮에 더 잠들기 낫다고 농담을 했다.

우리는 오전 내내 잤다.

누군가 검정 모자가 사라졌다고 외치는 바람에 다들 깨어났다. 우리는 나무둥치로 달려갔다. 닳고 닳아 보들보들한 밑동 위에 검정 모자만이 덩그러니 떨어져 있었다.

ᵛ

돌아온 가방

"어디로 도망쳤는지 못 봤어요?"

노란 머리가 소리쳤다. 그는 우리가 자는 동안에도 검정 모자를 감시하도록 교대로 사람을 붙여놓았다.

"미안해. 그만 깜빡 잠이 드는 바람에."

노란 머리보다 열 살은 더 많아 보이는 노쇠한 남자가 새파랗게 겁에 질려 말했다.

노란 머리가 무릎을 구부리고 앉았다. 나무둥치 아래 노끈 두 개가 떨어져 있었다. 매듭이 채 풀리지 않은 노끈이.

노란 머리가 고개를 들었다.

"아직 근처에 있을지도 모르니까 나눠서 찾아보자."

노란 머리의 말이 떨어지기가 무섭게 남자들이 흩어졌다. 나의 연인도 서둘러 날아갈 준비를 했다.

아줌마가 그의 어깨를 붙잡았다.

"넌 여기 남아 있어."

아줌마가 검정 모자를 주웠다. 그녀가 검정 모자를 요리조리 살펴보더니 정신적 지주에게 다가갔다. 아줌마가 그의 귀에 대고 뭐라고 속삭이자 그가 고개를 끄덕였다.

아줌마는 다녀올 데가 있다며 홀로 산 아래로 내려갔다. 그녀는 더럽고 납작해진 헌팅캡 대신 빳빳한 검정 모자를 눌러 썼다. 어딜 가느냐고 물어도 대답해주지 않았다. 해가 지기 전에 돌아오겠다는 말만 반복했다.

나와 나의 연인은 침울하게 앉아 있었다. 추워서 온몸이 막대기처럼 감각이 없었다. 눈앞에 보이는 것들은 온통 암울하다 못해 죽은 것처럼 보였다. 지나가던 산새들이 요란하게 울었다. 나는 그의 어깨에 머리를 기대었다.

노란 머리와 남자들은 허탕을 치고 돌아왔다. 노란 머리는 몹시 자존심이 상해 보였다. 땔감용 나뭇가지를 주우러 가지도 않고 입을 꾹 닫은 채 나뭇등걸에 앉아 있었다.

노란 머리가 옆에서 독서 중인 남자를 보고 잠깐 그 책을 봐도 되겠냐고 물었다. 내가 여기 처음 온 날에도 책을 읽고 있던 그 남자였다. 그는 특별한 일이 없으면 늘 내 책을 읽었다. 내 앞에서도 읽었다. 마치 그 책과 나는 별개인 것처럼.

남자는 그 책을 백 번도 넘게 읽었다고 했다. 그가 노란 머리에게 자기가 읽고 있던 책을 주었다. 그리고는 옆에 있는 나무 밑을 파더니 똑같은 책을 한 권 더 찾아냈다. 그들은 내 책을 열여덟 권이나 더 갖고 있었다.

날이 어둑어둑해지고 있었다. 사람들이 분주하게 불 피울 준비를 했다.

나는 멀리서 우리를 부르는 소리를 들었다. 산비탈 아래 누군가 손을 흔들고 있었다. 아줌마였다. 그녀의 언어를 알아듣고 건장한 남자들이 달려갔다. 세 사람은 대화를 나누었고, 웃었다.

그녀의 뒤에 뭔가 있었다. 그게 무엇인지 우리는 한번에 알아보았다. 이미 비슷한 걸 여러 번 봤기 때문이다. 두 남자가 기합을 넣고 그 물체를 번쩍 들었다.

그들은 점점 더 커졌다. 그리고 분명해졌다.

그날 일은 내 인생에 두고두고 잊지 못할 것이다.

나는 두 가지 기적을 보았다.

하나는 아줌마가 눈이 아리도록 쨍한 분홍색 코트를 입었다는 것이고, 나머지 하나는 그녀가 그토록 찾아 헤매던 가방이 꽃분홍색 함처럼 설레는 미래를 약속하며 따라 올라오고 있었다는 것이다.

5부

잠들지
않는
집

잠들지 않는 집

아줌마는 가방을 찾았다.

분홍색 여행 가방은 아줌마 옆에 있었다. 아줌마는 가방과 쌍둥이처럼 똑같은 색깔의 코트를 입고 있었다. 그코트는 싸구려에 유행이 한참 지난 코트였다. 분홍색 코트는 그녀에게 어울리지 않았고, 그녀도 그걸 알고 있었다. 그녀는 단지 하나의 상징처럼 그 옷을 입고 온 것이다.

그녀는 우리에게 놀랄 시간을 주겠다는 듯 어느 지점에 선 채로 가만히 우리를 바라보았다. 우리는 충분히 놀라고 있었다. 그녀는 찌그러진 헌팅캡을 쓰고 있었다. 자세히 보니 옅게 화장까지 했다. 정신적 지주가 사람들을 뚫고 다가가자 그녀는 더 크게 미소 지었고, 그 미소는 우리도 따라 웃게 만들었다.

아줌마가 가방을 열었다. 분홍색 가방 안에는 우리에게 필요한 것들로 가득 차 있었다. 사람들이 그것을 질서 있게 옆 사람에게 건네고, 또 옆 사람으로 건네는 사이 우리는 따뜻해졌다.

길게 이어진 열선처럼 우리는 이어졌고, 뜨거워졌고, 마침내 붉게 빛이 났다. 마치 어둠으로 뒤덮인 마을 안에 있는 아직 잠들지 않은 집들 같았다.

아무도 모닥불을 피우지 않았다. 더 이상 춥지 않았기 때문이다.

나는 아기 엄마를 바라보았다. 그녀는 인생의 소매치기로부터 자신과 아이의 인생을 둘 다 되찾은 얼굴로 만족스럽게 앉아 있었다. 꼬마 숙녀의 양 볼도 알사탕을 문 것처럼 볼록해졌다.

우리는 아줌마가 어떻게 가방을 찾았는지, 그리고 어떻게 이 많은 선물을 준비할 수 있었는지 궁금했다. 그러나 아무도 어서 말해달라고 조르지 않았다. 이런 이야기는 뜸을 들이면 들일수록 더 즐거운 일이기 때문이다.

마침내 아줌마가 입을 열었다.

"모두가 가장 궁금해할 질문에 대한 답부터 해줄게.

어디서 가방을 찾았는지가 제일 궁금하겠지.

　나는 내 집에서 가방을 찾았어.”

　그녀의 목소리는 어딘가 달라져 있었다. 말투나 악센트 때문이 아니었다. 그녀의 목소리도 옅게 화장을 한 것 같았다.

　우리는 그녀 주위로 둥글게 모여 앉았다. 누구도 숨소리 하나 내지 않았다. 오십 명이 넘는 대인원이었기 때문에 그래야만 했다.

　“그다음은 어떻게 그게 가능했느냐 하는 거겠지. 바로 이 모자 때문이야. 이 모자를 보고 나는 집에 돌아갔고, 거기서 내 가방을 찾아서 여러분에게로 온 거야.”

　그녀가 품 안에서 조심스럽게 검정 모자를 꺼냈다.

　나는 노란 머리가 움찔하는 것을 보았다. 그는 오후 내내 검정 모자를 찾아 헤맸다. 그는 아직도 미련을 버리지 못하고 있었다. 그가 알고 싶은 건 검정 모자를 쓴 사내가 어디로 갔는가 하는 것이었다. 그러나 그는 참을성 있게 잘 버렸다. 아직 그녀의 이야기는 시작도 하지 않았다.

　그녀가 입을 열었다.

　“이 모자는 죽은 내 아들 거야.”

밝혀진 비밀

"이건 우리 아들 모자야."

아줌마가 말했다.

"사고 당시 이 모자를 쓰고 있었어. 경찰이 주워줬지."

그녀가 모자를 바라보았다.

모자도 피하지 않고 그녀를 바라보았다.

"가방에서 나오고 나서 검정 모자를 쓴 아일 보았어. 집에 갔더니 거기 있었어.

'그건 우리 애 모자야.'라고 내가 말했더니, '아뇨. 이건 제 모자예요.' 그 애가 말했어.

그 애는 너무 어렸어. 그 아이의 어머니가 나와서 아이

를 방 안으로 밀쳐 넣은 뒤 내게 소리쳤어. '당장 나가!'

그들은 내가 머리가 돈 여자라고 말했어. 참 이상한 일이지. 그 순간 그럴 수도 있겠다 싶었거든.

그녀가 문을 닫고도 나는 한참을 거기 서 있었어. 새벽이라 세상은 깨지기 쉬운 접시에 놓인 것처럼 고요했지. 나는 조용히 떠났어.

그렇게 여행이 시작된 거야. 그러기 위해선 가방이 필요했고, 난 가방을 잃어버렸지.

이걸 과연 우연이라고 할 수 있을까?

나는 그때부터 거리를 헤매며 돌아다녔고, 나처럼 집과 가방을 잃어버린 너희들을 만나게 된 거야.

어제 난 그 앨 모른다고 했어. 확신이 없었어. 내가 정말 미친 게 아니라면 그 모자는 우리 아들 것이었지만, 나는 믿지 않았어.

오늘 아침 떨어진 모자를 줍고 나서야 정신이 번쩍 들었어. 그래, 그건 내 아들 모자야. 사고 당시 충격으로 천 안쪽이 살짝 찢어졌었거든. 그게 아니더라도 단번에 알아봤을 거야. 그 모자를 수백, 수천 번은 보고 또 봤으니까.

촉감이며 형태, 아들이 모양을 낸다며 양손으로 챙을 눌러서 휘어진 각도. 난 그 모자랑 매일 밤 잠도 같이 잤어.

난 모자를 들고 내 집으로 갔어. 문은 열려 있었어. 아이도, 아이 어머니도 보이지 않았지. 아무도 없었어. 물건들은 다 제자리에 있었고. 도둑이 든 흔적조차 없었지. 마치 꿈을 꾼 것처럼.

그래, 꿈을 꾼 기분이었어. 하지만 그건 꿈이 아니었어. 왜냐하면 그 집에서 없어진 게 딱 하나 있었거든. 모자. 그건 내 머리 위에 있었어.

우리가 잡은 그 애는 도망친 게 아니야. 그냥 원래 자신의 모습으로 돌아가 버렸을 뿐이야. 그 아이는 진짜 사람이 아니야. 그 애는 검정 모자가 변신한 가짜일 뿐이야. 그 애 어머니도. 그들은 진짜 사람이 아니야. 한마디로 무생물이었던 거지."

사람들이 웅성거렸다. 내가 무언가 말하려는데 남자친구가 손을 뻗어 입을 막았다. 그가 나를 향해 고개를 저으며 안 된다는 표정을 지었다.

아줌마가 계속 말했다.

"내가 이 모자에 숨을 불어넣어 준 거야. 다 내 잘못이야. 그 모자만 보면 죽은 아들이 떠올랐거든.

모자는 내 영혼보다 커졌고, 나보다 더 큰 힘을 갖게 되었고, 내 집을 빼앗았던 거야. 그리고 내가 거리를 떠도는 동안 금오산업과 손을 잡고 가방을 찾으러 다닌 거야.

무슨 말인지 알겠어? 왜 우리가 그토록 가방을 찾으려고 애썼는지. 우리 자신의 본질에 의문을 가져왔는지.

그들은 우리 마음속의 어둠을 먹고 언제라도 우릴 쫓아낼 준비를 하고 있었던 거야. 지금 그들은 우리처럼 연대를 가지고 조직적으로 움직이고 있는지도 몰라. 그들만의 왕국을 만들기 위해서.

우린 그들을 찾아야만 해."

그녀의 말이 끝났지만 사람들은 아무 말도 하지 못했다. 그들 각자의 머릿속에 하나둘씩 떠오르는 게 있었다. 정신적 지주도 턱을 괴고 골똘히 생각에 잠겼다.

"우리가 그들을 알아볼 수 있을까요?"

정적을 깨고 무리 중 비교적 젊은 남자가 질문했다.

그의 얼굴은 몹시 초조해 보였다. 그도 그럴 것이 우리의 마음을 한 발짝 떨어져 들여다보는 일이야말로 세상에서 가장 어려운 일이기 때문이다. 사람들은 가방에서 나왔을 때 보다 훨씬 괴로운 표정을 짓고 있었다.

"우린 그들을 알아보게 될 거야."

아줌마가 말했다.

그녀의 말이 우리에게 용기를 주었다. 그녀는 좋은 본보기였다.

노란 머리의 고백

"무생물이라니 대체 그게 무슨 소리야?"

노란 머리가 짜증을 내며 말했다.

"안경이야."

노란 머리가 말했다.

"알은 없어. 그냥 그걸 끼면 똑똑해 보여서 갖고 있을 뿐이야."

우리는 오늘 밤 가방을 찾으러 내려가지 않았다. 기억의 저장고에 숨겨둔 비밀을 꺼내 보느라 시간이 걸렸기 때문이다. 마음속 진실이 생각보다 더 두꺼운 껍질을 갖고 있어서 그들은 애를 먹었다.

그것은 비겁함, 부끄러움, 공포 등의 이름을 가진 껍질이었다. 껍질을 하나씩 벗길 때마다 역설적으로 그들은 커졌다. 마음속 진실이 조각난 그들의 영혼을 이어붙인 것이다.

"어릴 때 나는 선생님이 되는 게 꿈이었어."

노란 머리가 말했다.

"교단에 서서 학생들을 가르치는 게 꿈이었지. 난 공부도 잘했어. 시험만 보면 늘 1등이었지. 그런데 우리 부모가 너무 아팠어. 둘 다 장애인이었거든.

나는 빨리 돈을 벌어야 했고 직업 체험처럼 다양한 일을 전전한 끝에 사다리를 타게 됐지. 그 일을 한 지 벌써 20년이 넘었어. 지금은 내 사다리차도 있고 개인 사무실도 있지. 직원도 한 명 있고.

지난날에 후회는 없어. 하지만 내가 계속 공부를 했더라면 어땠을까라는 생각은 가끔 해. 내가 대학에 갔더라면 어땠을까. 내 부모가 정상이었더라면 어땠을까.

그래도 후회는 없어. 최선을 다했으니까. 내가 어릴 적 꿈 때문에 가방에 들어갔다는 건 불가능해. 공부를 포기한 건 아쉽지만 그건 그냥 내 길이 아니었을 뿐이야. 세상이 어디 그리 만만한가?

그날 내 집에 있던 놈은 세상의 끝에 뭐가 있냐고 물으면 지구는 둥글다고 말할 놈이었어. 난 세상의 끝엔 죽음이 있다고 말할 거야. 볼링공처럼 일단 던져지고 나면 그때부턴 세상의 끝에서 어둠에 잡아먹히기 전까지 열심히 굴러가는 수밖에 없어. 운 나쁘면 세상의 끝에 닿기도 전에 도랑에 빠질 수도 있겠지. 이게 무슨 말이냐면 그놈보다 내가 아는 게 훨씬 많다는 말이야.

세상은 그렇게 단순하지 않아. 아주 불공평하고 또 개인적이지. 그놈은 아마 세상이랑 제대로 붙어본 적도 없을 거야. 알 없는 안경이라서 그렇다는 건 변명밖에 안돼. 그런 놈한테 쫓겨났다니. 장난해?

이 산에 왔을 때 나는 세상이 또 나를 곯려주려고 한다고 생각했어. 하지만 빠르게 적응했지. 첫째는 이런 재미없는 장난질에 도가 텄기 때문이고, 둘째는 너희 같은 사람들을 잘 알기 때문이지. 조금만 더 노력하면 집에 갈수 있을 거라고 믿는 사람들, 희망이 습관이 된 사람들, 한마디로 나 같은 사람들. 우린 늘 그렇게 기를 쓰며 살아왔지.

오히려 난 이 산에 들어와서 매우 유쾌했어. 오랜만에 아주 즐거웠다고. 목이 부러지게 하늘을 올려다보는 대신, 여기 누워서 너희들과 하늘을 덮고 자는 기분이 좋았다고. 그 기분이 어떤지 그놈이 알기나 할까?

이건 말도 안 돼! 난 그 자식보다 나를 더 사랑해. 내가 생각한 것보다 훨씬 더 내가 자랑스럽다고. 이제 확실히 알겠어. 거긴 내 집이야. 날이 밝는 즉시 그 자식을 쫓아내야겠어!"

나는 누구인가

아줌마는 그들을 가방에 넣은 존재가 무생물이라고
했다. 가방에서 나온 사람들은 그녀의 말을 믿었다. 단
한 사람. 나만 믿지 않았다. 그들은 내가 무생물이란 걸
몰랐다.

나는 모두 잠든 틈을 타 산 아래로 도망쳤다. 떠나기
전 그들의 얼굴을 보았다. 그들은 산비탈 여기저기에 있
었다. 나뭇잎을 덮고 얼굴만 내놓고 있었지만 미소 짓고
있었다. 혼자가 아니었기 때문이다.

나는 산에서도 집에서도 혼자였다. 고독이 내 본질이
었다.

내 몸에 있던 불은 오래전에 꺼졌다. 찌그러진 하트는 반쪽이 되었다.

산속은 완벽한 암흑이었다. 달빛도 깊은 산중을 오르다 말고 구름에 앉아 나를 구경하고 있었다. 나는 내가 제대로 가고 있는지도 몰랐다. 오직 발에 닿는 감촉과 소리에만 의존해 걸어갔다. 거죽만 남은 나뭇가지들이 내 얼굴과 손바닥을 사정없이 긁어댔다. 나는 손으로 그것들을 잡아 뜯었다.

나는 뭔가에 걸려 넘어졌다. 흙에서는 차가운 죽음의 냄새가 났다. 눈물 때문에 흙과 낙엽들이 얼굴에 달라붙었다. 고개를 들자 저 멀리 희미하게 불빛들이 보였다. 저 중 한 곳은 내 집에서 나오는 불빛일 것이다.

내 머릿속엔 잼처럼 오로지 하나의 문장만 맴돌 뿐이다.

> 나는 누구인가?

자신을 믿지 않으면

나는 집에 들어가지 못했다. 그 집은 내 것이 아니었다. 다람쥐 눈처럼 새까만 세계에 있던 여자가 거기 있었다. 그녀는 문을 열어주지 않았다.

나는 어디로 가야 할지 몰랐다. 벤치에 앉아 도시의 그림자들이 나를 희롱하도록 내버려 둘 뿐이었다. 춥고 외로웠다.

언제 따라왔는지 쥐발귀개개비가 내 발밑에 앉았다. 그는 눈 깜짝할 사이에 아름다운 자신의 모습으로 돌아왔다. 신비하고도 동정심 많은 얼굴이 나를 올려다보고 있었다.

또 다른 인기척 소리에 고개를 돌렸다. 아줌마가 가로등 뒤에 숨어 있었다. 헌팅캡을 쓰고 분홍색 코트를 입은 모습은 이 와중에도 웃음을 자아냈다.

그녀가 내 쪽으로 다가왔다.

"집 안에 다른 사람이 있었어요."

그녀가 벤치에 앉길 기다려 내가 말했다.

"전에도 그 사람을 봤어요. 다람쥐 눈처럼 새까만 세계에서 나를 보고 있었어요. 나폴레옹한테 물어봤는데 다른 사람한테 말하지 말라고 했어요. 절대로요. 그 여자가 내 집의 진짜 주인이라서 그랬던 거예요."

아줌마가 내 손을 잡았다. 그녀의 손은 마더 테레사 같은 평화를 유지하고 있었다.

"나도 믿기지 않아. 네 책은 우리 모두에게 희망을 주었는데."

그녀가 떨리는 목소리로 말했다.

어두운 거리 위로 가로등 불빛이 붉은 꽃잎처럼 떨어졌다. 꽃잎은 밤이 새도록 양이 줄어들 것 같지 않았다. 우리는 그것을 마지막 인사처럼 바라보았다.

"뭔가 이상해."

나의 연인이 말했다.

"네 말에 따르면 무생물은 친구도 없고 사랑도 할 수 없어. 집 밖에도 못 나오고 점점 잊혀지게 돼. 하지만 너에겐 친구도 있고 널 사랑하는 사람들도 있어. 지금 넌 밖에 나와 있고 네 책을 통해 너를 앞으로도 영원히 기억할 사람들이 생겼어. 이게 가능한 일이야?"

누군가 헛기침을 했다. 밤늦게 귀가하던 남자가 우리 세 사람을 수상한 눈으로 노려보고 있었다. 머리에 나뭇잎을 붙인 흙투성이 여자와 요란한 분홍색 코트를 입은 여자, 맨발에 반소매 차림의 남자가 모여 있다면 충분히 그럴 만했다.

아줌마가 남자를 향해 미소 지었다. 그녀의 미소는 누구든 보는 사람을 편안하게 만들어주었다. 남자가 안심하고 붉은 꽃잎 속으로 걸어갔다.

"넌 무생물이 아니야."

아줌마가 확신에 찬 목소리로 말했다.

"누군가 네가 밖에 나가길 기다려 네 자리를 차지한 거야."

"전 가방에서 나오지 않았는데요?"

"그건 중요하지 않아."

그녀가 내 눈을 바라보았다.

"우리가 여기 함께 있다는 게 중요한 거야. 어차피 그건 하나의 상징일 뿐이니까. 게다가 넌 나를 도와주려고 나온 거잖아.”

나는 한 가닥 희망을 보았다.

“아까 말한 다람쥐 눈처럼 새까만 세계는 무슨 말이야? 그 여자는 또 어디서 봤고?”

나는 머뭇거렸다.

“노트북에서 봤어요. 갑자기 화면이 어두워지면서 거기 제가 있었어요.”

“그렇다면 범인은 노트북일 수도 있겠네.”

나는 노트북과 책들이 나를 따돌렸던 걸 떠올렸다. 우리가 최근까지 벌인 무의미한 기 싸움도.

노트북은 내 보물 1호였다. 내 책을 쓴 것도 그 노트북을 통해서였다. 그 노트북은 거의 내 영혼과도 같았다.

“무슨 기분인지 알아. 나도 그랬어. 소중한 것들은 때때로 우리를 배신하지.”

아줌마가 말했다.

“전 이제 어떻게 해야 해요?”

내가 물었다.

“네 집을 다시 찾아야지. 너의 노트북으로부터.”

아줌마가 그에게 집에 무슨 일이 일어나는지 보고 오

라고 했다.

그가 날아가 그 집의 동태를 살피는 동안 아줌마가 내 머리카락에 붙은 나뭇잎을 떼어주었다. 그녀가 환하게 웃었다.

"하지만 기쁘지 않아? 네가 다른 누구도 아닌 바로 너 자신이라는 게."

천국의 맛

　나는 두 사람의 손을 잡고 다시 산으로 돌아갔다. 사람
들은 깨어 있다가 나를 보자마자 달려왔다.

　"대체 몇 대 몇으로 싸운 거야?"

　노란 머리가 내 꼴을 보고 농담을 했다.

　그들은 내가 돌아와서 몹시 기뻐했다. 누구도 내가 왜
도망쳤는지 묻지 않았다. 그들의 몸은 여전히 붉은 용암
처럼 지글거리고 있었다.

　그들은 하나둘 자기 자리로 돌아갔다. 나도 구덩이 속으
로 들어갔다. 그날은 가방에서 나온 사람들의 마지막 밤이
었다. 모두가 그 사실을 알고 있었다. 그들은 나비가 될 준
비를 한 누에고치처럼 잠이 들었다. 구덩이는 포근했다.

아침에 그들은 고소한 커피 향에 잠이 깼다. 아줌마가 집에서 챙겨온 믹스커피를 끓여서 나누어주었다. 그녀가 나에게도 건넸다. 그녀가 왜 나를 꾸준히 찾아왔는지 알 것 같다. 커피는 천국의 맛이었다.

"마지막이라니 섭섭하네."

누군가 말했다. 그 말은 우리를 숙연하게 만들었다.

"다시 쫓겨나면 언제든 우리 집에 오라고."

수염과 머리를 복면처럼 기른 남자가 농담을 했다.

모두들 웃었다. 조류학자도 커피를 후루룩 마시며 웃었다.

우리는 떠날 채비를 했다. 그들은 나무뿌리 사이를 파서 내 책들을 꺼냈다. 그리고는 종잇장처럼 얇은 옷 속에 소중히 챙겨 넣었다.

금오산업은 정신적 지주와 아줌마, 나와 나의 연인, 노란 머리가 가기로 했다. 다른 사람들도 가겠다고 했지만 정신적 지주는 고개를 저었다.

"자네들이 집을 되찾아야만 모든 문제가 해결될 거야. 자네들이 집을 되찾지 않는 이상 금오산업도 물러서지 않을 거야."

그들은 내키지 않는 얼굴이었다. 그러나 정신적 지주의 말을 거역할 수는 없었다.

"저 가방들은 어떻게 하죠?"

가방에서 나온 지 얼마 안 된 사람이 말했다.

가방 서른세 개가 겹겹이 쌓여 있었다. 그것도 이제 보니 도리아식 기둥처럼 보였다.

"가지고 가야죠."라고 말한 사람은 외국인 노동자였다.

그의 눈은 비장했고 고향을 떠나올 때 지었음직한 애수로 가득 차 있었다.

"그래. 다들 잊지 말고 꼭 챙겨."

노란 머리가 기특하다는 듯 그의 머리를 헝클어뜨렸다. 그들은 성인이 되고 난 뒤 화해한 애틋한 부자지간처럼 보였다.

정신적 지주는 어느 틈에 누더기를 벗고 양복으로 갈아입었다. 그가 가방에서 나왔을 때 같이 들어있었던 양복은 약간 바랬을 뿐 깨끗하게 잘 보관되어 있었다. 그가 주름진 손으로 양복을 털었다. 그 모습이 나를 약간 뭉클하게 했다.

"가지."

그가 앞장서서 걸었고 우리 네 사람도 뒤따라 걸어갔다. 아줌마와 노란 머리는 각자 가방을 챙겼다.

전날 밤 노란 머리가 아줌마의 가방에 달린 바퀴를 고

쳐주었다. 분홍색 코트와 분홍색 가방이 만나자 강력한 각성제 역할을 했다. 아줌마와 가방은 죽어버린 겨울에 흐드러지게 핀 꽃 같았다.

우리는 뒤돌아서서 우리를 바라보는 사람들에게 손을 들었다. 그들도 손을 흔들었다.

"정말 끝인가."

노란 머리가 아쉽다는 듯 중얼거렸다.

금오산업의 정체

경비는 우리를 들여보내 주지 않았다. 가방을 찾으러 왔다고 해도 무슨 말인지 알아듣지 못했다.

우리는 이런 상황이 벌어질 걸 예상하고 있었다. 아줌마가 코트를 열자 쥐발귀개개비가 튀어나와 그의 코를 물었다. 그가 비명을 지르며 비틀거렸다. 노란 머리가 달려가 뒤에서 그의 두 팔을 제압했다.

"먼저 들어가!"

쥐발귀개개비가 요한한 소리를 내며 두 사람 머리 위를 날아다녔다.

건물에 들어오던 사람들이 혼비백산해 도로 밖으로 뛰쳐나갔다.

우리는 얼른 엘리베이터를 잡아탔다.

"괜찮으세요?"

아줌마가 정신적 지주에게 물었다.

그러고 보니 그의 안색이 좋지 않았다. 이마에 식은땀이 흐르고 있었다. 그가 괜찮다며 종잇장 같은 손을 휘저었다.

우리는 꼭대기 층에 도착했다. 아줌마 말대로 회사는 거기 하나뿐이었다. 엘리베이터에서 내려 오른편에 있었다. 복도는 어둡고 조용했다. 사무실 문은 열려 있었다.

눈썹에 사마귀가 난 남자가 창가에 있는 책상에 앉아 있었다. 나는 그가 아줌마가 말한 사람인 걸 바로 알아보았다. 다른 직원들은 보이지 않았다.

"마음에 드는 가방을 못 구하셨나 봐요."

그가 정신적 지주와 아줌마를 알아보고 말했다. 이른 아침이라 그런지 눈이 약간 졸려 보였다.

"너무 늦었어요. 가방은 이제 없어요."

그가 말했다.

"돌아가세요."

정신적 지주가 한 발 앞으로 나갔다.

"어쩔 생각인가?"

사마귀가 난 남자가 일어났다. 몹시 짜증스러운 얼굴로 우리 쪽으로 다가왔는데 왼쪽 다리를 절뚝거리고 있었다.

"뭘 말인가요, 영감님."

"다 알고 왔어. 자네가 가방을 보내 사람들을 거리로 내쫓고 있다는 걸."

그가 고개를 갸웃거렸다.

"제가요?"

그는 어느샌가 거의 우리 코앞까지 와 있었다. 그는 실패라곤 한번도 겪어본 적 없는 오만한 상판을 하고 있었다. 사실 그건 좋은 일이다. 어떤 면에선.

"가방이 눈에 익네요."

그가 눈으로 아줌마 가방을 가리켰다.

아줌마가 가방을 뒤로 숨겼다. 그의 얼굴이 점점 표독스러워졌다.

"금오산업에 제 발로 찾아왔을 때부터 수상하다 싶었는데. 내 가방들을 도둑질한 게 당신들이었군요."

그가 아줌마의 가방을 빼앗으려고 손을 뻗자 아줌마가 그를 밀쳐버렸다. 그가 불쾌한 내색을 숨기며 말했다.

"내 가방들이 지금 어디 있는지 말하면 경찰은 부르지 않을게요."

"우린 가방을 훔치지 않았어요."

아줌마가 말했다.

"그렇다면 어쩔 수 없네요."

그가 위협적으로 말했다.

"자네가 경찰을 부르는 건 우리 양쪽에게 다 좋지 않을 거야. 내 친구들이 자네가 팔던 가방들에서 나왔거든. 사람을 가방에 넣어 거리에 버리는 게 범죄라는 건 알겠지?"

정신적 지주가 경고했다.

그가 눈을 크게 뜨더니 큰소리로 웃었다.

"경찰들이 영감님 말을 들을 것 같아요? 영감님은 노숙자일 뿐이에요. 게다가 영감님과 친구들을 쫓아낸 사람이 무생물이라는 말을 경찰들이 믿을까요?"

"저 새끼가!"

어느 틈에 올라온 노란 머리가 씩씩거리며 우리 뒤에 서 있었다. 그가 소매를 걷고 달려가려고 하자 정신적 지주가 막아섰다.

할아버지가 손수건으로 식은땀을 닦으며 말했다.

"그 가방들로 뭘 하려고 했는지만 알려줘. 얼마나 더 많은 사람을 거리로 내몰려고 한 건가?"

"전부 몰아내야죠, 전부."

그가 신경질적으로 말했다.

"이제 시작일 뿐입니다. 아직 이 동네 반의반도 못 내 버렸어요. 난 사람들이 싫어요. 당신 같은 인간들만 버려 도 세상은 깨끗해질 겁니다.

자기가 누군지도 모르는 인간들을 위해 무생물이 희 생되는 일은 더 이상 없어야 해요. 그래서 무생물이 주인 이 되면 어떨까 하는 생각을 해본 것뿐입니다."

나는 어딘가 익숙한 기분을 느꼈다. 그의 모습은 오래 전 나의 냉장고가 내게 화를 낼 때와 비슷했다.

"자네 말처럼 우리는 한때 우리 인생에 소홀했는지도 몰라.

하지만 이제는 아니야. 당신이 내다 버린 사람들은 이 제 자신이 누군지 잘 알 뿐만 아니라 뭘 해야 하는지도 아는 사람들이 되었어.

우리가 거리를 헤매며 얻은 교훈이지. 그들은 지금 다 자신의 집으로 돌아가고 있어."

그가 코웃음 쳤다.

"잘도 돌아갈 수 있겠네요."

나는 사무실 안을 둘러보았다. 사무실은 넓지도 크지 도 않았다. 책상들이 다닥다닥 마주 앉은 모양으로 붙어 있었다. 입구 오른쪽에 탕비실이 보였는데 파란 생수통에 흰 물때가 덕지덕지 끼어 있었다. 그 옆에 커다란 검정색 여행 가방이 세워져 있었다.

나는 그들이 대화하는 틈을 타 탕비실로 갔다.

가방은 묵직했다.

나는 가방을 최대한 소리 나지 않게 옆으로 눕힌 뒤 지퍼를 열었다. 사마귀 남자와 똑같이 생긴 남자가 들어있었다. 눈을 꼭 감고 있었는데 코에 손가락을 갖다 대니 숨을 쉬었다. 곤히 잠들어 있었다.

나는 그의 몸을 잡고 흔들었다. 얼마나 깊이 자는지 아무리 깨워도 일어나지 않았다. 어쩔 수 없이 그의 따귀를 때렸다. 세 대쯤 때렸을 때 그가 가늘게 눈을 떴다.

"얼른 일어나요."

내가 위협적인 어조로 말했다.

"당신이 여기서 자는 동안 사람들이 거리로 쫓겨나고 있다구요."

그가 말없이 나를 쳐다보았다. 그의 눈동자는 빈 유리잔 같았다.

나는 그것이 서서히 처음 보는 빛깔로 채워지는 것을 보았다.

그가 입을 열었다.

"누구세요?"

우주에서 지구로

그는 가방에서 나왔지만 한번도 본 적 없는 또 다른 새로운 유형이었다. 그의 정신은 중력이 없는 우주를 여행하고 있는 것 같았다.

내가 아무리 나오라고 해도 가방에서 꼼짝도 하지 않았다. 마치 자기가 가방 안에 있는 걸 알고 있는 것처럼. 물론 그것은 나의 착각이었다.

"여긴 어디예요?"
그가 물었다.
"어디긴 어디야. 네 사무실이지."
내가 반말을 했다.

나는 몹시 화가 나 있었다. 그가 밖에 있는 정신병자와 똑같이 생긴 것 말고도 투탕카멘처럼 영원히 누워 있을 것 같았기 때문이다.

그는 가방에서 나올 생각이 없어 보였다. 할 수만 있다면 몸을 더욱 꾸깃꾸깃 접을 기세였다. 물론 그러도록 허락할 마음이 내게도 조금도 없었다. 나는 그의 멱살을 잡아당겼다. 그가 완강하게 버텼다. 그러나 기어코 나는 그를 가방에서 끄집어냈다.

"어서 일어나!"

그가 말을 듣지 않았으므로 그의 팔을 끌고 탕비실 밖으로 나왔다. 그는 아이들이 다 커서 이제는 운행을 멈춘 녹슨 썰매처럼 질질 끌려 나왔다.

정신적 지주와 아줌마, 노란 머리는 아직도 대치 중이었다. 무슨 일이 있었는지 몰라도 그들 사이는 아까보다 몇 미터 이상 간격이 벌어져 있었다.

네 사람이 거의 동시에 우리를 쳐다보았다. 그들은 사마귀 남자와 똑같이 생긴 남자를 발견했다. 모두 약속이라도 한 것처럼 한 발 뒤로 물러났다.

진짜 사마귀 남자도 그를 발견했다. 몹시 충격받은 표정이었다. 그가 바닥에 손을 짚고 엉거주춤 일어났다. 그의 몸은 오랫동안 구겨져 있느라 잘 펴지지 않는 종이 같았다. 그럴 만했다. 그가 얼마나 오래 가방에 처박혀 있었는지 상상도 할 수 없는 일이다. 살아 있는 게 기적이었다.

그가 고개를 돌려 나를 찾았다. 그는 아직도 이 모든 게 꿈이라고 믿고 있었다. 아니면 헛것을 보았거나.

나는 아니라는 의미로 고개를 저었다. 그리고 여전히 삐걱거리는 그의 등짝을 힘껏 밀쳤다.

"누구야, 넌?"

진짜 사마귀 남자가 물었다.

"그러는 넌 누군데?"

가짜 사마귀 남자가 맞받아쳤다.

"내가 먼저 물었어. 뭐야? 유령이야?"

"웃기시네. 네가 유령이겠지. 꺼져."

두 사람이 실랑이를 벌이는 사이 아줌마가 다가와 어떻게 된 일이냐고 물었다. 나는 탕비실에서 본 가방과 그를 깨운 일을 말해주었다.

정신적 지주가 나서서 두 사람을 진정시켰다. 그리고는 내가 했던 무생물 얘기를 그대로 남자에게 했다. 똑같은 말인데도 확실히 내가 말할 때보다 할아버지 말을 더 잘 이해했다.

"그러니까 저 남자가 사람이 아니라는 건가요?"

우리가 고개를 끄덕였다.

"귀신도 아니고요?"

우리가 고개를 끄덕였다.

"무생물이라구요?"

우리가 고개를 끄덕였다.

그가 입을 쩍 벌렸다. 너무 오래 가방에 있느라 그의 몸에서는 생선 썩은 냄새가 났다. 정확히 말하면 시간이 부패하는 냄새였다.

그는 자신을 꼭 닮은 남자를 바라보았다. 아직도 그의 의식은 이름 없는 별들 사이를 헤엄치고 있었다. 그곳이 어디인지도 모른 채 그는 헤매고 있었다. 나는 그에게 시간을 좀 더 주어야 한다고 생각했다. 무생물의 개념이 생소하긴 할 것이다. 무생물인 줄 알고 살아왔던 나도 그랬으니까.

"자, 이제 말해. 저 자식이 왜 저러는 건지."

성질 급한 노란 머리가 끼어들었다.

"왜 이런 반란을 꾸미는 건지 말해."

사마귀 남자가 말했다.

"모르겠어요."

그가 자신의 사무실을 둘러보았다.

"전 이미 죽었거든요."

"죽다니?"

노란 머리가 물었다.

"창문에서 뛰어내렸어요."

그가 말했다.

"그런데 제가 살아 있군요."

그가 바보 같이 웃었다.

"이게 어떻게 된 거야?"

노란 머리가 소리 질렀다.

정신적 지주가 가짜 사마귀 남자를 보았다. 그가 거만한 표정으로 두 손을 비빈 다음 바지 주머니에 넣었다.

"내가 그를 살렸어. 그리고 가방에 넣었지."

가짜 사마귀 남자가 거들먹거렸다.

우리는 혼란에 빠졌다.

"왜 날 살렸지?"

진짜 사마귀 남자가 물었다.

"네가 없으면 나도 없으니까."

가짜 사마귀 남자가 말했다.

"금오산업은 내 것이기도 해. 내가 같이 세웠지. 네가 실패했다고 해서 나까지 실패할 수는 없어."

"이제 저놈이 왜 저렇게 당당한지 알겠네."

노란 머리가 말했다.

"무생물이 사람을 살린 거야."

실내는 정적에 휩싸였다. 모든 게 분명해졌다.

"그렇다고 가방에 넣은 걸 정당화할 순 없어."

정신적 지주가 간신히 입을 떼었다.

그는 금방이라도 쓰러질 것처럼 늙고 지쳐 보였다. 그러나 그러지 않았다. 그는 절대로 쓰러지지 않는다.

"있으나 마나 한 인생이라면 가방에 넣어버리는 게 낫죠."

가짜 사마귀 남자가 지지 않고 말했다.

진짜 사마귀 남자는 아무 말도 하지 않았다. 고개를 숙이고 뭔가를 골똘히 생각하고 있었다. 그는 자신이 살아 있는 게 믿기지 않으면서도 극단적 선택 이전의 삶 역시 믿기지 않는 눈치였다. 목숨은 건졌지만 가방에 있는 동안의 기억을 전부 잃어버렸기 때문이다. 현재와 과거 사이에는 기나긴 공백이 있었다. 그 사이 그는 꿈조차 꾸지 않았다.

나는 이 상황이 가방에서 나온 지 얼마 안 된 그에게 다소 가혹할 수 있다고 안쓰러움을 느꼈다.

"저놈 말에 휘둘리지 마."

내가 그의 뒤로 다가가 말했다.

"너무 소중해서 네 인생의 목적을 잃어버리게 하는 게 무생물들의 목적이라고.

우릴 봐. 저놈 때문에 너랑 관련 없는 사람들까지 집을 뺏기고 산에서 거지처럼 살았어. 무슨 말인지 모르겠어?"

그는 대꾸하지는 않았지만 내 말뜻을 이해한 것 같았다. 그가 몸을 돌려 우리를 찬찬히 둘러보았다. 의심할 여지가 없었다. 우리는 꾀죄죄했기 때문이다. 나는 그의 눈이 아까보다 명석해지는 것을 보았다.

그가 고개를 들었다. 그의 정신은 이제 거의 지구로 돌아왔다. 중력이 그를 강하게 잡아당겼고, 그도 자신의 몸에 전해지는 강력한 힘을 느꼈다.

가방에서 나온 사람들이 그랬듯 그는 제 발로 우뚝 섰다.

"네 말대로 난 회사를 경영할 자격이 없어."

그가 말했다.

"하지만 내가 회사를 세운 건 다른 사람의 인생을 빼앗기 위해서가 아니야. 그 반대지. 난 인류의 발전에 기여하고 싶었어. 비록 실패했지만. 그렇다고 죽으려고 해서는 안 됐어. 그래, 그건 정말 멍청한 짓이었어. 이 일을 계기로 정말 중요한 게 뭔지 알았어. 내 가족과 친구들, 그리고 어렵사리 다시 찾은 기회.

날 살려준 건 고맙지만, 넌 이만 가줘야겠어."

그가 다가가 가짜 사마귀 남자를 붙잡으려는 순간 사무실 문이 열리고 수십 명의 사람이 우르르 들어왔다.

하마터면 나는 그들을 못 알아볼 뻔했다. 시커멓고 지저분한 모습은 어디 가고 깨끗하고 세련된 옷차림을 하고 있었기 때문이다. 누가 봐도 그들은 가방에서 나온 사람들이 아니었다. 그들이 가짜 사마귀 남자를 에워쌌다.

가짜 사마귀 남자는 그들이 포위망을 좁혀오자 절뚝거리며 창가로 달려갔다. 그가 창문을 열었다. 바람이 위잉위잉 하고 서슬 퍼런 소리를 냈다. 그가 슬픈 표정으로 우리를 바라보더니 그대로 아래로 떨어졌다.

여자들이 놀라서 비명을 질렀다. 남자들이 달려갔지만, 한발 늦었다. 아줌마와 나는 서로 부둥켜안았다.

"아! 이런, 이런."

노란 머리가 얼굴을 감싸 쥐었다.

우리는 그가 사라진 창문에서 눈을 떼지 못했다. 누구 한 사람 꼼짝도 하지 않았다. 우리는 한동안 그러고 있었다.

산과 커다란 구름 사이로 새 한 마리가 날개를 파닥거리며 들어왔다. 쥐발귀개개비였다.

그는 경비를 따돌린 뒤 건물 주위를 돌며 무슨 일이 일어나는지 감시하다가 가짜 사마귀 남자가 떨어진 걸 보고 달려온 것이다.

눈이 번쩍 뜨일 만큼 매력적인 청년으로 돌아온 그는 바지 주머니에서 꼬깃꼬깃한 종이를 꺼내 사마귀 남자에게 주었다. 그것은 잡지에서 오려낸 기사의 일부였다.

'버린 것도 다시 살리는 리사이클링계의 젊은 CEO'

우리는 그 밑에 엄지를 들고 웃고 있는 그의 사진을 보았다. 종이 왼쪽 귀퉁이가 약간 잘려 나가 있었다.

사마귀 남자는 죽지 않았다. 그가 무생물이었기 때문이다. 그는 팔랑팔랑 하늘을 날아 천천히 자신의 자리로 돌아갔다.

노란 머리가 안도의 한숨을 쉬었다. 그의 눈은 축 처지고 눈알은 빨간 체리처럼 충혈되어 있었다.

"무생물에 대해 많은 생각이 드는 시간이었어요. 이제 집에 가서 내가 가진 것들에 대해 다시 한번 잘 생각해봐야겠어요."

노란 머리가 말했다.

지구에서 집으로

로비에는 신고를 받고 출동한 경찰들이 와 있었다. 콧잔등이 보송보송한 남자와 정의를 머리가 아닌 허리춤에 찬 늙은 남자가 함께 서 있었다. 그들은 경비의 얘기를 듣는 둥 마는 둥 하다가 우리가 내려오자 동시에 고개를 돌렸다. 늙은 경찰이 우릴 가리켜 누구냐고 물었다.

"친구예요."

사마귀 남자가 말했다.

"친구치고는 숫자가 너무 많은데요."

늙은 경찰이 비꼬았다. 그것은 약간의 농담이 샐러드처럼 곁들여진 말이었다. 우리가 못해도 오십 명은 넘었기 때문이다.

경찰은 더 이상 파고들지 않았다. 아마도 우리를 다른 의미의 친구로 생각하는 것 같았다. 그는 세상이 복잡해서 피곤해 보였다. 노란 머리가 자기 몸에 손을 댔다고 늙은 경비가 핏대를 세워도 소용없었다. 그는 복잡한 게 싫은 사람이었다.

우리는 건물 밖으로 나왔다. 사마귀 남자도 따라 나왔다. 그가 어디로 갈 건지 물었고 사람들은 집에 갈 거라고 했다. 그 말이 우리를 묘하게 흥분시켰다.

그들은 헤어지기 전 정신적 지주에게 감사의 마음을 전했다. 그가 없었다면 거리의 추위와 굶주림으로부터 살아남지 못했을 것이다. 무리 중 비교적 젊은 남자와 다른 남자들이 집까지 데려다주겠다고 했지만 그는 거절했다. 아까부터 어딘가 몹시 불안해 보였다. 금방이라도 쓰러질듯 안색은 창백했고, 이마에는 굵은 땀방울을 떨어뜨리고 있었다.

"괜찮으세요?"

아줌마가 걱정스럽게 물었다.

아줌마가 도와주려고 다가가자 그가 뒤로 물러섰다. 그가 절망적으로 고개를 저었다. 그리고 '집에 갈 수 없다.'라고 말했다.

"가방에서 나왔다는 건 거짓말이야."

그는 확신을 잃어버린 노숙자였다. 평생 일만 하며 가족을 먹여 살리느라 자기 자신을 잃어버린 것이다. 그는 가족들이 곤히 잠든 어느 새벽 가방을 챙겨 몰래 집을 나왔다. 그 안엔 그의 분신과 다름없는 가장 아끼는 양복 한 벌을 넣어두었다.

그는 자신이 사마귀 남자에게 했던 말을 스스로에게 자문해보았다. 자신이 누구인지, 그리고 무엇을 해야 하는지. 그것은 어려운 질문이었다.

그는 가방에서 나오지 않았다는 이유로 확신을 갖지 못했다. 그들과 다르다고 생각했기 때문이다. 그러나 만일 그들과 달랐다면 이 자리에 함께 있는 일은 없었을 것이다.

가방에서 나오지 않은 건 중요하지 않다. 그 또한 결국 하나의 상징일 뿐이니까. 놀랍게도 거기 모인 사람들이 한 목소리로 그렇게 말하고 있었다.

나는 분명히 그 목소리를 들었다. 나는 그들을 바라보았다. 모두들 입을 꾹 다물고 정신적 지주를 바라보고 있었다. 그들은 그 확신 없는 존재를 사랑했다.

그들은 한 번 더 정신적 지주에게 집에 가자고 말했다.

"가방을 찾는 건 어려울지 몰라도 가족은 늘 집에 있답니다."

조류학자가 말했다. 털모자를 벗어던진 그는 진짜 지식인처럼 보였다. 그는 오늘 아침 소중한 가족의 품으로 돌아갔다.

정신적 지주는 건물 창문에 자신을 비추어보았다. 손가락으로 머리를 빗어 넘기고 옷매무새를 단정하게 했다.

그는 용기를 얻었다. 동료들이 그에게 용기를 주었다. 처음부터 지금까지. 언제나 그랬듯이.

지난 시간과 경험이 그에게 아무것도 가져다주지 않은 것이 아니다. 모든 이야기에는 교훈이 있다, 반드시.

나 역시 집으로 돌아가야 할 시간이었다.

나는 다람쥐 눈처럼 새까만 세계에 있던 나와 꼭 닮은 여자를 떠올렸다. 그녀는 지금 내 집에 있다. 그 집은 본래 나의 집이다. 나는 자기 집을 되찾은 용감한 사람들을 둘러보았다. 나도 그들처럼 내 집을 찾을 수 있을 것이다. 모두가 제자리를 찾아가고 있었다.

나의 연인이 내가 긴장한 것을 눈치채고 손을 꼭 잡아주었다.

우리는 어느 지점에서 다들 흩어졌다. 매일 밤 다시 만날 걸 기약하고 거리로 뿔뿔이 흩어지던 시절과 달리, 혼자서 묵묵히 자신의 길을 걸어가야 하는 상황 앞에서 다들 쉽사리 발이 떨어지지 않는 모양이었다.

　나는 아이 엄마가 걷다 말고 서서 하늘을 물끄러미 바라보고 있는 것을 보았다. 다른 사람들도 마찬가지였다. 그들은 하늘을 덮고 자던 산에서의 기억을 절대 잊지 못할 것이다.

사라진 책들

나는 오십 명이 넘는 나의 친구들 중 한 명이 401호라는 걸 알았다. 그는 약간 간격을 두고 우리를 쫓아왔다. 집 앞에 거의 다다랐을 때 잽싸게 나보다 먼저 안으로 들어갔다.

아줌마가 누구냐고 물었다. 나는 그가 상습적으로 이웃집 택배 박스를 훔친 남자라고 말해주었다. 머잖아 무생물에게서 자신의 운명을 도둑맞을 줄은 꿈에도 모른 채.

나는 두 사람에게 밖에서 기다리라고 했다. 이것은 내 힘으로 해결해야 할 문제였다. 그들도 그 사실을 알고 있었다.

그들은 전봇대 앞에서 기다리겠다고 했다.

나는 홀로 계단을 올라갔다.

2층까지는 계단이 스무 개도 채 되지 않았다. 늘 오르내렸던 좁은 복도가 불과 며칠 만에 새로운 세계로 통하는 길목처럼 느껴졌다.

다람쥐 눈처럼 새까만 세계 속에 있던 내가 도어락 비밀번호까지 바꾸어놔서 나는 벨을 누르고 잠시 기다려야 했다. 내 집 인터폰 화면에 내가 비친다고 생각하니 이상한 기분이 들었다.

나와 똑같이 생긴 여자는 문을 열어주지 않았다. 그녀가 인터폰으로 나를 보고 있을 걸 알았기 때문에 나는 카메라에 대고 내 물건을 가지러 왔다고 말했다.

"내 책이랑 냉장고 안에 있는 것들만이라도 돌려줘."

그녀가 문을 열었다. 팔짱을 끼고 나를 가소롭다는 듯 노려보고 있었다. 나는 주눅 들지 않았다. 다만 그 눈빛이 어떤 것도 건드릴 수 없도록 고개만 돌렸다.

내가 안으로 들어가자 시츄들이 으르렁거리며 나를 물어뜯으려고 했다. 물론 그들은 입이 없으므로 흉내만 내는 것이었다. 그들은 그새 나를 잊어버린 척했다. 괘씸했지만 어쩔 수 없다. 나는 그들을 능숙하게 바닥에 내동

댕이친 뒤 냉장고 문을 열었다.

나는 내 미래의 마개가 뜯겨져 있고 사랑과 용기, 희망이 썩어 문드러진 것을 보았다. 자세히 보니 전기 플러그가 뽑혀 있었다.

"빨리 해."

그녀가 사납게 말했다.

나는 책을 가지러 가기 위해 방 안에 들어갔다. 책은 보이지 않았다. 아무리 뒤져봐도 죽순 비슷한 것도 보이지 않았다.

"어디에 놨어?"

내가 물었다.

"버렸어."

그녀가 말했다.

다람쥐 눈처럼 새까만 세계에 있던 그 여자가 내가 아니라는 게 이로써 명백히 증명되었다. 그녀에겐 추억이 없었다.

나는 책상 위에 있던 노트북이 없어진 것도 확인했다. 내 보물 1호. 우리는 담배 맛이 나는 커피를 파는 카페에 늘 함께 갔으며 우리 둘만 알아들을 수 있는 특별한 언어로 이야기를 나누었다.

우리는 가장 친한 친구였다. 비록 책은 잘 팔리지 않았지만 그건 중요하지 않았다. 우리가 함께 무언가를 만들어나간다는 게 중요했다.

"넌 그 책들을 버리지 말았어야 했어."

내가 말했다.

내가 달려가 그녀를 붙잡았다. 그녀는 겉보기와 달리 차갑고 단단했으며 힘이 셌다. 그녀는 꿈쩍도 하지 않았다. 그녀가 내 오른팔을 붙잡고 나를 넘어뜨렸다.

나는 어깨 너머로 침대가 잔뜩 겁먹은 표정으로 우릴 훔쳐보는 걸 보았다.

"도와줘!"

내가 소리치자 침대가 우지끈 몸을 일으켰다. 그러나 반도 못 일으키고 쿵 소리를 내며 고꾸라졌다.

노란 머리의 말은 틀렸다. 그녀는 한두 번 싸워본 솜씨가 아니었다.

바로 그때 어디선가 물대포가 날아왔다. 나폴레옹은 조금 전 자신의 해협에 도착한 이야기를 읽었고, 그중 하나가 401호에게서 온 것임을 알았다.

401호가 없는 동안 그 집 변기가 이야기들을 가로채버렸었다. 그 이야기에는 '자업자득'이란 말과 함께 '그러나 정의는 반드시 승리한다'고 적혀 있었다.

　　나폴레옹이 쏜 물대포 중 하나를 맞고 그녀가 휘청거렸다. 얼굴이 창백해지더니 두 팔에 힘이 거의 없어지다시피 했다. 자세히 보니 정말로 팔이 없어지고 있었다. 그녀는 종잇장처럼 얇아지고 있었다.

　　나는 얼른 그녀를 소파로 던져버렸다.

　　"먹어!"

　　내가 소리치자 소파가 낼름 그녀를 삼켰다.

　　모든 게 끝난 것이다. 나의 승리로.

　　나는 서둘러 냉장고 전기 플러그를 꽂았다. 냉장고가 잠에서 깨어나 오물을 칵칵 뱉어냈다. 나의 미래와 사랑, 용기, 희망 뭐 그런 것들. 그것은 순식간에 형체도 알아볼 수 없게 섞여서 물처럼 녹아버렸다.

　　"미안해."

　　냉장고가 절망적으로 말했다.

　　나는 괜찮다고 말했다. 빈말이 아니라 정말로 괜찮았다. 그것보다 더 지키고 싶은 게 생겼기 때문이다.

　　나는 침대가 나를 보며 뭐라고 말하는 것을 들었다.

　　"뭐라고?"

　　침대가 대답 대신 눈으로 어딘가를 가리켰다.

　　나는 책상 위에 높이 쌓아 올린 책들 사이로 노트북이 나를 빼꼼히 쳐다보는 것을 보았다. 어떻게 된 일인지 몰

라도 아끼는 책들이 노트북을 에워싸 보이지 않았던 것
이다.

얼마나 놀랐는지 하나밖에 없는 눈을 심하게 깜빡거
리고 있었다.

나는 소파로 가서 입을 벌려 그가 삼킨 것을 보았다.
거기엔 사라진 내 책들이 있었다.

아름다운 시절

나는 젖은 책들을 거실 바닥에 일렬로 늘어놓았다. 그것들은 저수지에서 건져 올린 미라들처럼 보였지만 나는 그것들을 꽃잎처럼 말렸다. 어떻게 보면 영구보존할 가치가 있는 아름다운 시절처럼 보이기도 했다.

나는 내 집에 있는 무생물들을 바라보았다. 침대와 냉장고, 변기, 노트북, 심지어 배은망덕한 시츄들까지. 그들은 떨고 있었다. 잊혀질까 봐 두려워하고 있었다.

내가 책을 쓴 것도 잊혀지지 않기 위해서다. 나는 책을 써서 그러한 두려움으로부터 벗어나고자 했지만 결과적으로 실패하고 말았다.

무생물이 된다는 것은 잊혀진다는 것이다. 무생물이 무생물인 이유는 살아 있지 않아서가 아니라, 자신의 가슴속 이야기가 없기 때문이다.

사람은 모두 얼마쯤은 무생물이다. 텅 빈 가슴을 안고 살아간다. 하지만 살아가는 동안은 그 안을 진실로 채워야만 한다. 내 집 안의 무생물들을 보며 깨달았고 마찬가지로 내가 무생물이라고 착각하는 동안에도 깨달은 사실이다. 나는 살아간다.

나는 창가로 다가갔다. 아줌마와 나의 연인은 차디찬 겨울날 따뜻한 볕을 쬐러 나온 병아리처럼 서 있었다. 그것은 이상한 광경이었다. 불과 얼마 전까지만 해도 그들은 나와 전혀 관계없는 사람들이었기 때문이다.

그들은 걱정스러운 얼굴로 그곳에 서서 나를 기다리고 있었다. 나와 눈이 마주치자 미소 지었다. 나도 미소 지었다.

나는 내가 해야 할 일을 깨달았다. 그것은 이 세상에 없던 완전히 새로운 이야기를 쓰는 일이다.

그렇게 이 모든 이야기가 시작되었다.

내가 굳이 이 말을 하는 이유는 살다 보면 누구나 자신의 이야기를 잃어버릴 때가 있기 때문이다. 그러나 밤이

오면 거리마다 케이크에 불이 켜지듯 인생의 길에도 어둠만 있는 것이 아니다. 눈을 크게 뜨고 주위를 둘러보면 가방에서 나온 사람이 보일지도 모른다. 그럴 땐 함께 손을 잡고 그 길을 따라가면 된다.

　당신은 무생물이 아니다.
　처음부터 지금까지 이 말을 하고 싶었다.

마지막 이야기

나는 내 친구들에게 집을 빼앗은 무생물이 내 책이라고 말하지 않았다. 그들이 내 책을 미워하기를 원하지 않았기 때문이다.

가방에서 나온 사람들은 한 달에 한 번 모임을 가졌다. 그들은 여행 가방에 자신이 필요 없는 물건을 담아 와 물물교환을 했다. 남은 물건들은 팔아서 구호단체에 보냈다. 사마귀 남자가 사무실을 빌려주었다.

정신적 지주가 우리들의 대장이었다. 그는 새로운 일자리를 구했다. 금오산업 고문이 된 것이다.

사마귀 남자는 가방에서 나온 도리아식 기둥들도 정식 직원으로 고용했다. 그중에는 외국인 노동자와 아기 엄마도 있었다. 아기 엄마는 자신이 일하는 동안 실크 잠옷을 입은 여자가 일하는 어린이집에 두 아이를 맡겼다.

노란 머리가 금오산업에 새 간판을 달아주었다. 그는 낮에는 사다리차를 타고 밤에는 야간대학을 다녔다. 그가 관심 있는 분야는 천체물리학이었다. 모임 날이 되면 검정 뿔테로 된 안경을 쓰고 왔는데, 안경알이 없어도 그의 말처럼 똑똑해 보이고 잘 어울렸다.

아줌마는 다시 화장실 청소를 시작했다. 일을 하러 갈 때면 검정 모자를 썼다. 일이 끝나면 헌팅캡으로 바꿔 썼다. 그녀는 현재와 과거를 분리할 줄 알았다. 그녀는 일주일에 한 번 우리 집에 커피를 마시러 왔다.

겨우내 나의 연인은 쥐발귀개개비가 되는 대신 내 옆에 붙어 있었다. 그가 창공을 날아다니며 내려다본 세상을 그린 그림은 SNS에서 유명해졌다. 그의 그림이 비현실적이라면, 그 그림을 그린 작가의 외모는 초현실주의에 가까웠으므로 그의 인기는 사그라질 줄 몰랐다.

그가 그림을 그리는 동안 나는 글을 썼다.

어떻게 된 일인지 몰라도 나의 친구들은 다시 무생물로 변해버렸다. 나의 냉장고와 나의 침대, 나의 변기는 더 이상 말하지 않았다. 내게 충고하거나 으스대거나 물

폭탄을 던지지도 않았다.

　그러나 나는 그들이 살아 있으며 무얼 원하는지 안다. 나는 그들에게 필요한 것을 준다. 그것은 평범하지만 우리 인생에 없어서는 안 되는 것들이다.

　나는 나의 친구들을 잊지 않기 위해 이 이야기를 쓰고 있다.

　나는 약속을 지키기 위해 비가 오지 않아도 가끔 우산을 쓰고 나간다. 투명한 햇살 속에서 물랑 루즈의 요정은 행복하게 춤을 추었다.

　날이 풀리자 나의 연인은 다시 쥐발귀개개비가 되어 창밖으로 날아갔다. 나는 언제든 그가 돌아올 수 있게 창문을 열어놓았다.

　그가 무엇을 보고 올지 궁금하다. 오늘 밤 그는 나와 나란히 침대에 앉아 밤새도록 이야기해줄 것이다.

무생물 이야기

2022년 6월 16일 초판 1쇄

지은이 양지윤
펴낸이 박시형, 최세현

책임편집 김명래 **디자인** 박선향 **교정 교열** 윤수빈
마케팅 이주형, 양근모, 권금숙, 양봉호, 박관홍 **온라인마케팅** 신하은, 정문희, 현나래
디지털콘텐츠 김명래, 김혜정 **해외기획** 우정민, 배혜림
경영지원 홍성택, 이진영, 임지윤, 김현우, 강신우
펴낸곳 팩토리나인 **출판신고** 2006년 9월 25일 제406-2006-000210호
주소 서울시 마포구 월드컵북로 396 누리꿈스퀘어 비즈니스타워 18층
전화 02-6712-9800 **팩스** 02-6712-9810 **이메일** info@smpk.kr

ⓒ 양지윤(저작권자와 맺은 특약에 따라 검인을 생략합니다)
ISBN 979-11-6534-374-3 (03810)

쌤앤파커스(Sam&Parkers)는 독자 여러분의 책에 관한 아이디어와 원고 투고를 설레는 마음으로
기다리고 있습니다.
책으로 엮기를 원하는 아이디어가 있으신 분은 이메일 book@smpk.kr로 간단한 개요와 취지, 연락
처 등을 보내주세요.
머뭇거리지 말고 문을 두드리세요. 길이 열립니다.